2
Author 日之影ソラ
Illustrator コユコム
「――へえ、私のこと
話してくれていたんだ？
気になるな」
セイカ・
ルノワール
物語の勇者で唯一上級生である
ミステリアスな人物。
スレイヤ達の行動を怪しみ、
探っている。
木陰から不気味に、彼は姿を現した。
物語の勇者、最後の一人。セイカ・ルノワールが。
悪役令嬢に転生した田舎娘がバッドエンド回避に挑む話
――死にたくないのでラスボスより強くなってみた――
A Story about a Country Girl Reincarnated as a Villainess
Who Tries to Avoid a Bad Ending.

「どういうつもり？
ベル」
「どうしちゃったんですか！
ベルさん！」

「やはり君は邪魔をするのか。
スレイヤ・レイバーン……
いいや、その肉体を手に入れた転生者か」

彼女の手の平から、優しい温かさが流れ込んでくる。
彼女の聖なる力が、私の身体を優しく覆う。
「本当は私も
一緒にいきたいですけど、
離れていてもスレイヤさんを
守れるように」
「……ありがとう」
物語のままではありえなかった。
聖女フレアの後押しを得て、私は戦いの場に赴く。

# 悪役令嬢に転生した田舎娘がバッドエンド回避に挑む話

## ――死にたくないのでラスボスより強くなってみた――

A Story about a Country Girl Reincarnated as a Villainess Who Tries to Avoid a Bad Ending.

# 2

Author
日之影ソラ
Illustrator
コユコム

口絵・本文イラスト　ココム

# 2

A Story about
a Country Girl Reincarnated as a Villainess
Who Tries to Avoid a Bad Ending.

## CONTENTS

# プロローグ

時折夢を見る。

懐《なつ》かしき思い出を。燃《も》え盛《さか》る炎《ほのお》の中で思い願った次なる生。

そう、私の人生は一度終わっている。何者にもなれぬまま、ただ過ごしただけの二十年余りを、私は虚《むな》しいと感じた。

願わくは次なる生は、役割のある人生でありますように。

薄《うす》れゆく意識の中で願い……私は生まれ変わった。

「……ん、もう、朝……」

私は目覚める。目を開けば見慣れた天井《てんじょう》、見慣れた部屋のベッドで横になっていた。

ゆっくりと起き上がり、ベッドから降りて背伸《せの》びをする。

「ん、うーん……はぁ」

窓から日差しが差し込《こ》んでいる。今日はとてもいい天気のようだ。

トントントンとドアをノックする音が響《ひび》く。

「お嬢様《じょうさま》、お目覚めでしょうか？」

「ええ、起きているわ。入っていいわよ」

「はい。失礼します」

ガチャリと部屋の扉《とびら》が開く。姿を見せたのは、メイドのルイズだった。彼女《かのじょ》はこの屋敷《やしき》で私の身の回りの世話をしてくれている。

「おはようございます。お嬢様」

「おはよう。今日もお願いできるかしら」

「はい。かしこまりました」

貴族の令嬢《れいじょう》とはいい御身分《ごみぶん》なことで、お願いすれば着替《きが》えを含《ふく》む身の回りのことはすべて使用人がやってくれる。

ただの田舎娘《いなかむすめ》だった私も最初は慣れなかったけど、一年以上ここで過ごしたことで今では慣れてしまった。

もちろん自分で着替えることはできるけど、彼女たちの仕事を奪《うば》ってしまっては申し訳ない、なんて適当な理由を思いつく。

自分で着替えなくてもいいなんて、どこまで楽な人生なのだろう……とは、残念ながらならなかった。

「いかがでしょうか？」

「ええ、ありがとう」

「この後は朝食でございます」

「わかっているわ。あとで行くから、先に出ていてちょうだい」

「かしこまりました」

ルイズは丁寧《ていねい》にお辞儀《じぎ》をして、私の部屋から去っていく。

彼女に着替えさせてもらった服装を確認《かくにん》するように、私は大きな鏡の前に立つ。そこに映っているのは、自分の姿だ。

燃えるような赤い髪《かみ》と瞳《ひとみ》が美しい女性。スレイヤ・レイバーン……それが、今世の私の名前であり、かつて胸を躍《おど》らせた物語の登場人物でもある。


光の聖女と五人の勇者。私が大好きだったその本には、主人公と五人の勇者がいる。

主人公は平民ながら聖女の才能をもって生まれ、王都の学園に入学したあとに勇者となる男性たちと運命の出会いを果たす。

勇者たちがかかえる様々な問題を乗り越《こ》え、彼《かれ》らとの関係を築いていき、協力して邪悪《じゃあく》な魔王《まおう》と戦う。

最後には憎《にく》み敵対していた魔王ですら、彼女の優《やさ》しさで包み込んで救ってしまう。誰一人《だれひとり》として不幸せにならないハッピーエンドで物語は幕を下ろす……というわけではなかった。

誰もが幸せになる中でたった一人、幸せになれなかった登場人物がいた。それこそがスレイヤ・レイバーン。

物語において主人公の敵対ヒロインとして登場し、どのルートでも悲しい死を遂《と》げることになる悪役である。

確かに私は希《こいねが》った。

神様、どうか来世があるのなら、役割のある人生を与《あた》えてください。楽ではない。平坦《へいたん》ではなく、刺激《しげき》のある人生……どこかの物語の登場人物になれたらいいなと。

願いは叶《かな》えられた。神様なんて信じていなかったけど、どこかに存在するのかもしれない。ただ……神様は意地悪だ。

「よりによって、なんでスレイヤだったのかしら」

大好きだった本の物語の登場人物に生まれ変わった。

本来ならはしゃぐほど喜ぶことだけど、スレイヤだけはない。誰もが幸せになる中で、唯一《ゆいいつ》不幸せが決定づけられた悲しき存在。

誰を慕《した》い、どんな道を行こうとも、必ず最後には魔王の手によって殺される。自業自得《じごうじとく》とはいえ、物語の中で一番不憫《ふびん》な役回りだった。

そんなスレイヤに転生した私も、この世界で同様の結末を迎《むか》えることになる。

「……絶対に嫌《いや》よ」

そうはさせない。

この世界がどこまで、あの本の物語の流れに沿っているかわからないけど、私は運命を感じた。

嫌な運命だ。このまま何もせずにいたら、私はいずれスレイヤ・レイバーンと同じ結末を迎えてしまう、と。

だから私は抗《あらが》うことに決めた。

運命に、魔王に。この世界が本の中と同じならば、主人公や勇者たちと関わらずに生きることで、悲しき定めを回避《かいひ》できるかもしれない。

もしもそれが叶わぬなら、私の未来を魔王が奪うというのなら、私が魔王よりも強くなればいいだけだ。

私は強くなった。学園に入学するまでの期間を使って、あらゆる方法で訓練し、自分でもちょっと鍛《きた》え過ぎたと思うくらいに。

それもこれも、本の知識を予《あらかじ》め持っているというアドバンテージと、スレイヤの両親が甘《あま》く優しい性格だったおかげだ。

鏡を見終わった私は部屋を出て、朝食の場へと向かう。すでに両親が席につき、私を待っていてくれた。

「おはよう、スレイヤ」

「今日もいい天気ね」

「はい。おはようございます。お父様、お母様」

両親と一緒《いっしょ》に食事をとる。

スレイヤの両親は彼女に甘く、その優しさが物語のスレイヤという人物を形成する要素の一つになっていた。

甘やかし過ぎると、人間の心はどんどん肥大化してしまう。自分は特別で、優《すぐ》れた人間なのだと思い込む。

常に選ばれ、ほしいものが手に入る人生を送っていたスレイヤにとって、主人公の存在は邪魔《じゃま》でしかなかっただろう。

食事をしながらお父様が私に話しかけてくる。

「学園は大変だろう？　大丈夫《だいじょうぶ》なのかい？」

「はい。問題ありません」

「そうか。何かあればすぐに相談しなさい」

「ありがとうございます」

最近、学園ではいろいろ起こっているから、父親として私のことが心配な様子だ。

まさか夢にも思わないだろう。騒《さわ》ぎの中心に、私がいるなんて。

続けてお母様が私に尋《たず》ねる。

「お友達とは仲良くやれているの？」

「……はい」

友達という言葉を耳にして、少しだけ考えさせられた。

私にとっては予想外の一つであり、本来ならばありえなかった組み合わせだ。友達なんて必要ない。破滅《はめつ》の道から逃《に》げるためなら、孤独《こどく》も厭《いと》わないと思っていたのに。

本当に、人生とは思い通りにいかないものだ。

朝食を済ませ、朝の仕度《したく》をした私は屋敷を出る。

向かった先は王立ルノワール学園。私が通っている学園であり、本の物語において、主人公と勇者たちが出会う場所だった。

私は歩く。入学当初はできるだけ、誰とも関わらないようにと考えていた。特に主人公やその周辺、勇者たちには絶対に近づかない……と、思っていたのに。

「おはようございます！　スレイヤさん」

「……本当、思い通りにはいかないわね」

太陽のように明るい笑顔《えがお》で、彼女は私の名前を呼ぶ。私は立ち止まり、振《ふ》り返って、彼女を見ながら小さくため息をこぼす。

「どうかしたんですか？」

「なんでもないわ。おはよう、フレア」

「はい！　一緒に行きましょう！」

「そうね」

彼女こそ、物語の中心であり、私がなりたいと憧《あこが》れた存在……この世界の主人公、光の聖女フレアだ。

物語は彼女を中心に語られる。世界も、彼女を中心に回っていた。

スレイヤは彼女と関わることで、破滅の道を歩み始めてしまったと言っても過言ではないだろう。

本来ならば絶対に関わるべきではない人物なのだが……。

「今日はなんの講義を受けますか？」

「……任せるわ。私にはどれも退屈《たいくつ》だもの」

「さすがスレイヤさんですね！」

紆余曲折《うよきょくせつ》あって、私たちは友人になってしまった。

物語のように敵対するのではなく、協力関係になれたのは運がよかった。彼女の性格が、物語の中のフレアそのものでなければ、到底《とうてい》あり得なかっただろう。

彼女は私の正体を、この世界の真実を知っている数少ない一人であり、私が破滅の道から抜《ぬ》け出すために協力してくれている。

幸せを掴《つか》むために、一人でなんでも乗り越えるつもりでいた私だけど、これまで彼女という存在に何度も助けられた。

彼女はよく私のことを凄《すご》いと褒《ほ》めてくれるけど、私からすればフレアのほうがもっと凄い。私が憧れた彼女は、この世界でも健在だ。

いつも笑顔で明るく、誰に対しても平等に優しく接し、困っている人がいたら迷わず救いの手を差し伸《の》べる。

たとえ自分のことを嫌《きら》っていたり、馬鹿にしているような人に対しても、決して見捨てたりしない。

予想外の出来事ばかり起こったけれど、彼女とこうして友人になれたことは、ただの協力関係以上の意味がある。

とはいえ、私は関わってしまった。物語の主人公、世界の中心である彼女と。必然的に、彼らとも出会うことになる。

「おはよう、スレイヤ」

さっそく、その内の一人に声をかけられた。

優しく、少し高い声色で私の名前を呼ぶ。振り返ると美しい金髪《きんぱつ》の優しそうな男性が立っていて、私に微笑《ほほえ》みかける。

「アルマ」

「おはようございます！　アルマさん！」

「ああ、おはよう。フレアさん」

アルマ・グレイプニル。

物語に登場する五人の勇者の一人であり、スレイヤの元婚約者《こんやくしゃ》だった男だ。

彼は物語の序盤《じょばん》、フレアと出会うことで一目ぼれし、スレイヤとの婚約《こんやく》を破棄《はき》する。そのことが、スレイヤがフレアを恨《うら》む決定的な理由になってしまった。

だから私は、そうなる前に彼との婚約を自ら破棄した。フレアと仲良くしたいなら勝手にすればいい。その代わり、私とは関わらないでという意味をこめて。

結果は見ての通り、婚約者ではなくなった今でも、私たちには多少の縁《えん》がある。

ほんの少し前までは、それを鬱陶《うっとう》しく思っていたのだけど……。

「スレイヤ、よければ今度、一緒に食事でも行かないかい？」

「遠慮《えんりょ》しておくわ。私はもう、あなたの婚約者じゃないのよ？」

「わかっているさ」

「他に婚約の話が来ているのでしょう？　そっちの人たちと仲良くすればいいじゃない」

「新しく来た婚約の話は、すべてもう断ってしまったよ」

「――――！　へぇ……意外ね。どうして？」

「振り向いてほしい人がいるからね」

そう言いながら彼は私に向けて微笑みかけてくる。まるで、その人物が私であるかのように振る舞《ま》う。

本来ならばこの笑顔は、私ではなくフレアに向けられるはずだった。まったく、どこで道を間違《まちが》えてしまったのか。

「それじゃあまた。今度は誘《さそ》いを断られないように、自分を磨《みが》いておくよ」

「結果は変わらないわよ」

「かもしれない。でも、空っぽの自分とはお別れをしたんだ。君が変われたように、僕《ぼく》も変わってみせるよ」

そう言い残し、清々《すがすが》しい横顔を見せて彼は一人去っていく。少し寂《さび》しそうではあったけど、男らしく堂々としていた。

「アルマさん、なんだか変わりましたね」

「……そうね」

「スレイヤさんのこと、本気で大好きみたいですよ？」

「ふふっ、関係ないわ」

彼が私をどれだけ好きになろうと、その思いに私が応えることはない。

私はあなたのことが好きになれない。そう言った私に、彼は言った。変わっていく自分を見ていてほしい。

見て、知ってほしい。今の自分は嫌いでも、変わった自分なら好きになってもらえるかもしれないから、と。

そういう前向きな姿勢は、見習わないといけないと思った。

「いい表情をするようになったな」

「そうだね。スレイヤさんが何かしたんじゃないかな？」

「あ！　ライオネスさん！　メイゲンさんも！」

「相変わらず仲がいいわね」

「誰かさんのおかげでな」

続いて二人の男子生徒が私たちに声をかけてくる。

ライオネス・グレイツと、メイゲン・トローミア。彼らも物語に登場する勇者であり、二人は友人同士だ。

いつも一緒に行動している。その関係は、出会ったばかりの頃《ころ》と同じに見えて、一歩前進している。

「相変わらず、よくわからないことをしているみたいだな」

「さぁ？　どうでしょうね」

「食えない女だ。オレの時もそうだったが、お前には何が見えているんだ？」

「未来、かしら？」

私の言葉を冗談《じょうだん》だと思ったのか、ライオネスは呆《あき》れたように笑った。実際、冗談ではなく事実なのだけど、彼がそれを知ることはない。

すでにこの二人を攻略《こうりゃく》済みである。

それぞれが抱《かか》える問題、悩《なや》みを解決し、目的は達成された。もう関わる必要はないのだけど、一度でも関わりを持った時点で手遅《ておく》れだった。

アルマのように言い寄られることはないけれど、自然に声をかけられる関係性に落ち着いている。

「ボクの時も、結局どうしてあんなことしたのかな?」

「ただの気まぐれよ」

「そうは見えなかったけど……聞いてほしくないことなら無理には聞かないよ。でも感謝はさせてほしい。おかげでボクは、ライオネスと本当の意味で友人になれた」

「そう、それはよかったわね」

メイゲンが抱えていた悩みというのは、一言で表現すると劣等感《れっとうかん》だ。

彼はライオネスの無二の親友として登場した。常にライオネスと共に行動する彼は、ライオネスと自分を比べていた。

才能にあふれ、堂々と振《ふ》る舞《ま》うライオネスを見て、自分なんかが彼の友人でいていいのか。もっと彼に相応《ふさわ》しい人がいるのではないか。

そう思うようになってしまった。

しかし彼の心の中には、釣《つ》り合わずともライオネスの隣《となり》に立ちたい。今は無理でも、いつか彼と肩《かた》を並べられる本物の友になりたいという気持ちがあった。

物語の中で成長し、ライオネスに認められる存在になるメイゲンを、私はすでに知っていた。だからその心を無理やり引っ張り出した。

ライオネスを殺すと脅《おど》し、メイゲンと対立させることで、自分を卑下《ひげ》することなく、対等な友人になれるように。

「少しは、自分に自信がついたかしら？」

「うん。でも、まだまだこれじゃ足りないんだ。ボクはもっと成長して、ライオネスに負けないくらい強くなるよ」

「そう、頑張《がんば》るといいわ」

「頑張るよ。強くなったらスレイヤさん、君にも見てほしい」

「おい待て、先約はこっちだ」

ライオネスが身を乗り出し、私の前に移動して、自分の存在をアピールしてくる。メイゲンはちょっぴり驚《おどろ》いて、優しく微笑む。

きっと、ライオネスらしいなと思ったに違いない。

「スレイヤ、オレもあの時より強くなったぞ」

「そうみたいね。見つかったのかしら？　強くなるための理由が」

「いいや、残念ながらまだだ」

「そう」

「ああ、だがヒントは得た。強くなりたい。強さを求める理由は一つである必要はない。オレの中にある感情、一つ一つと向き合っていけば、必ず見つかるはずだ。きっかけをくれたお前には感謝している。もちろん、お前にもな」

「え、私ですか？」

　ライオネスは私の隣にいるフレアに視線を向けた。フレアは突然《とつぜん》話を振られて驚き、キョトンとした表情を見せる。

　そんな彼女にライオネスは続ける。

「あの日、父上の前に立ってくれたからこそ、父上の本心や母上のことを知れた。まだ平民は好きになれないが、お前は特別だ」

「と、特別!?」

「他意はない。お前とはいい友人になれそうだと思っただけだ」

「そうですね。もう私たちはお友達ですよ！　背中を合わせて戦った仲ですから！」

「そうだったな」

「ビックリしているよ。ボクたちが悪魔《あくま》と戦ったなんて」

メイゲンはしみじみと呟《つぶや》いた。

彼らは数日前、この地を襲《おそ》った悪魔と戦った。物語上では終盤《しゅうばん》に登場するはずの敵が、こんな序盤で登場するなんて予想外だった。

私一人では対処しきれない難題に直面した時、彼らが支えてくれた。共に戦い、共に街を守った英雄《えいゆう》たち……彼らはすでに、勇者としての道を歩み始めている。

そしてもう一人、彼らと共に戦った勇者がやってきた。

「朝から騒がしい連中だな」

「ビリーか」

「ビリー君！　おはようございます！」

「ああ、おはよう」

五人の勇者の一人にして、フレアと同じ平民出身であり、飛びぬけた魔法使《まほうつか》いの才能を持つ天才、ビリー。

彼もライオネスたちと共に、悪魔の襲撃《しゅうげき》から学園を、街を守った英雄だ。

ビリーは平民だけど堂々としていて、貴族であるライオネスたちにも毅然《きぜん》とした態度で振る舞う。そのことが気に障《さわ》り、ライオネスとは犬猿《けんえん》の仲だったのだけど……。

「血気盛《けっきさか》んなのはいいけど、あまり調子に乗っていると痛い目を見るぞ？」

「それはこっちのセリフだ。そろそろ決着をつけてやろう。オレとお前、どっちが強いのかをな！」

「俺《おれ》は構わないけど」

「ちょっと二人とも落ち着いて！　喧嘩《けんか》はダメですよ！」

フレアが慌《あわ》てて止めに入る。二人の喧嘩を止めるのは、本の中でもフレアの役割だった。ただ、今は必要なかったかもしれない。

「喧嘩？　それは違うぞ」

「そうだな。喧嘩なんていうのは馬鹿のやることだ」

「え？」

「大丈夫だよ、フレアさん。いつものことだから」

メイゲンが優しくフレアをフォローする。フレアはよくわからず、キョトンとしたまま二人のことを見つめていた。

私は最初から気づいていた。煽《あお》り合いはしていても、二人は決して怒《いか》りを抱《いだ》いていなかった。二人の表情は、笑っていた。

「もう何度か戦っている。癪《しゃく》だが、ビリーの魔法使いとしての実力は本物だ。オレが強くなる上で、こいつほど都合のいい特訓相手はいない」

「俺も新しい魔法の実験体がほしかったからな。都合がよかった」

「――という感じで、二人とも仲良しになったんだよ」

「別に仲良くはないぞ」

「そうだな。友人なんて思われるのは心外だ」

不機嫌《ふきげん》そうな二人に挟《はさ》まれながら、メイゲンは楽しそうに笑っていた。喧嘩するほど仲がいい、なんて言葉がある。

物語の終盤、犬猿の仲だったライオネスとビリーは互《たが》いの実力を認め、非常に息の合った連係《れんけい》を見せてくれる。

本来ならもっと後になるはずだったが、二人の距離《きょり》は心の隙間《すきま》を埋《う》めたことで縮まったようだ。

「そうだったんですね？　ホッとしましたよ」

「ふっ、ところでフレア。あれから、あの占《うらな》い師《し》には会えたか？」

「え？　あ、えっと、全然ですね！」

フレアの目が泳いでいる。上手《うま》く嘘《うそ》をついて誤魔化《ごまか》そうとしているけど、フレアにそういうことは不向きだった。

「そうか……今度会えたら教えてくれ。礼を伝えていないからな」

「は、はい！　そうします！」

「……」

チラッとフレアが私に視線を向けた。そんなわざとらしい態度で私に視線を向けたら、彼に気づかれるかもしれないわよ？

私が彼に両親の夢を見せた占い師だってことが。

ビリーが抱える心の隙間は、亡《な》き両親への贖罪《しょくざい》と、後悔《こうかい》だった。彼の両親は優れた魔法使いだった。

貴族ではなかったが、類まれなる才能を持っていた両親は、貴族の領主に環境《かんきょう》を与えられ、魔法の研究に励《はげ》んでいた。

ビリーは両親を尊敬し、自分も二人のようになりたいと夢を見る。

しかし、開発途中《とちゅう》だった魔導《まどう》具の暴走に巻き込まれ、ビリーの両親は命を落としてしまった。ビリーは暴走を自分のせいだと思い込んだ。

実際は、彼の両親の成果を快く思わない心の狭《せま》い研究者に嵌《は》められ、魔導具の暴走を引き起こしてしまっただけだ。

そのことを彼は知らない。いいや、今さら知る必要はない。

心の狭い研究者は、とっくに私が成敗してしまった。

それに彼はもう、亡き両親の幻影《げんえい》を追いかけてはいない。今の彼を突《つ》き動かすのは、自分自身の願いと、両親から受け継《つ》いだ魔法に対する好奇心《こうきしん》だろう。

「あ！　ライオネス、そろそろ行かないと講義に遅《おく》れるよ！」

「ん？　もうそんな時間か。またスレイヤ、フレア」

「ええ」

「はい！　また後で！」

フレアは元気に手を振る。別に予定があるわけじゃないけれど、また必ず顔を合わせることになる。

そんな予感が確かに、私の中にもあった。

「ビリー、お前もな。どうせ今日も図書室にいるんだろう？」

「もちろん。あそこが俺の学《まな》び舎《や》だ。退屈になったら訪ねてくるといい。いつでも相手をしてあげる」

「上等だ！　覚悟《かくご》しろ！」

ライオネスとビリーはそう言って笑い合い、歩き出す。少し遅れてメイゲンがライオネスの隣まで歩み寄る。

「楽しそうだね、ライオネス」

「ふっ、言っておくがお前もだぞ？　メイゲン」

「え？」

「勝ち逃げは許さない。お前はオレに勝ったんだ。近いうちにリベンジさせてもらう」

「――！　なら、負けないように努力しておくよ」

私は去っていく彼らの背中を見つめる。

それぞれの関係性、心境に大きな変化をもたらし、彼らの心にぽっかり空いていた穴は埋められた。

すべては私自身の幸福のため、目的のために利用したまでだ。それでも、私がしてきたことが彼らの人生を変えたのなら、少しくらい誇《ほこ》らしいと思っても許されるだろう。

「私たちも行きましょう！」

「そうね」

「そういえば、あの人は来ませんでしたね。私は別にいいんですけど！」

「どうせ昼になったら顔を合わせるわ。嫌でもね」

「嫌なら合わせなくてもいいと思います。あんな人」

「そう言わないの。一応、協力者なんだから」

私は勇者たちが抱える問題を一つずつ解決していった。

本の知識や、フレアという主人公の協力があったからこそ、だけどそれだけじゃない。

そもそもなぜ、彼らと関わることを決意したのか。それは私にとって一番予想外なことがあったから。

この世界で一番会ってはいけない人物と、存在と、早々に対面してしまったからだ。

◇◇◇

午前中の講義が終わり、お昼休みになる。

この時間は生徒たちが各自昼食をとる。食堂は人がいっぱいで混雑しているから、生徒の大半は自分たちで都合のいい場所を見つける。

私とフレアも馴染《なじ》みの場所を目指して歩いていた。

「お昼休みでもここは人がいませんね」

「建物から少し離《はな》れているせいね」

「そうなんですね。とってもいい場所なのに勿体《もったい》ないなぁー」

「私たちには好都合よ」

誰も訪《おとず》れないからこそ、内緒《ないしょ》のお話も捗《はかど》る。

思えばここで彼と出会ったことで、私の計画は一気に破綻《はたん》してしまった。誰とも関わらず、物語の流れには沿わず、ひっそりと息をひそめて乗りきるつもりだったのに……。

「お昼寝《ひるね》とはいい御身分ね」

「――ん？　魔王だからな」

「魔王がこんな場所で無防備に寝ていていいのかしら？」

「心配ないよ。ここへ来るのは未来の花嫁《はなよめ》だけだ」

木陰《こかげ》で横になっていた彼がゆっくりと起き上がる。

吸《す》い込まれそうな黒い髪の地味な青年……彼こそが、スレイヤ・レイバーンにとって因《いん》縁《ねん》の相手であり、物語のラスボス。

魔王サタン、その魂《たましい》を内に宿している脇役《わきやく》、ベルフィスト・クローネだ。

起き上がったベルフィストはフレアに気づく。

「おっと、そういえばお邪魔虫が一人いたか」

「誰がお邪魔虫ですか！　どちらかというと、ベルさんのほうがお邪魔ですよ！」

「未来の夫婦《ふうふ》の時間だぞ？　邪魔はどっちだ」

「勝手に言ってるだけじゃないですか！　私はまた認めてませんからね！　スレイヤさん

にはもっと相応しい人がいるはずです！　たぶん！」

「お前の許しなんて必要ない。大事なの当人の気持ちだからな。そうだろ？　スレイヤ」

「ふっ」

相変わらず、この二人は仲が悪い。

当然か。主人公とラスボスが仲良しのはずがない。本来ならば絶対にありえない組み合わせが、私の眼には映っている。

「またサボってたんですか？」

「悪いか？」

「別にいいですよ。ベルさんが落第しても私たちには関係ありませんから！」

「落第か。悪くないな。そうすれば一年長く、スレイヤと一緒に学園生活を送ることができる」

「真剣《しんけん》に悩まないでくださいよ……」

ベルフィストは勇者の一人、セイカ・ルノワールの友人として登場する脇役だ。セイカと同じ上級生で、主人公や他の勇者たちとも友人になり、良好な関係を築く。

物語の大筋に深く関わることはないけれど、大事な場面で主人公や勇者たちに手を貸したり、アドバイスをする存在だ。

捉《とら》えどころのない性格で、主人公の周りを笑顔にする役目を担《にな》う彼は、物語を明るくするアクセントになっていた。

そう、読者を誤認《ごにん》させていたにすぎない。

彼こそが物語のラスボス、魔王サタンの依代《よりしろ》であることに、物語の中盤《ちゅうばん》までに気づいた読者はいるのだろうか。

少なくとも私は、その正体が露呈《ろてい》するまで気づけなかった。初めて読んだ時は凄く驚いたし、ベルフィストに対する印象が一気に変わった。

魔王として復活した彼は暗躍《あんやく》し、主人公たちを追い詰《つ》め、世界を破壊《はかい》しようともくろむ。

その過程でスレイヤはフレアに対する嫉妬心《しっとしん》を利用され、最終的には魔王自身の手によって殺される。

スレイヤの命を終わらせるのは、いつだって魔王の存在だった。

きっかけや時の流れが違っても、必ず最後には魔王が手を下す。それ故に、スレイヤとなった私が一番会いたくない相手。

もしも会ってしまえば、戦って勝利する以外に道はないと思っていた。

だからこそ驚きを隠《かく》せなかった。

あの日、宿敵であるはずの彼から、婚約者になってほしいなんてふざけた提案をされるなんて……。

「未来の花嫁……ね」

「それがどうかしたか？　スレイヤ」

「本気でそう思っているのね」

「当たり前だろう？　そのために協力しているんだから。本気じゃなきゃ、あの日にどちらかが倒《たお》れていたと思うぞ？」

「……そうね」

出会ってしまった日、私は覚悟を決めて魔王に戦いを挑《いど》んだ。

元々魔王より強くなるために特訓してきた私だ。勝算はあったし、負けるつもりは毛頭なかった。

それでも実感した。魔王という存在の大きさと、その強さを。強くなった私でも、確実に勝てるとは言い切れない相手だと再認識《さいにんしき》させられた。

そうでなければ、私はあのまま戦いを続けたに違いない。彼からの提案、勇者たちの心の隙間に散った魔王の力の回収なんて、協力しなかった。

私が彼の婚約者になり、生涯《しょうがい》守ってもらうという契約《けいやく》。その条件に提示してきたのが、魔《ま》王《おう》サタンの力の回収だった。

今の彼《かれ》は不完全な状態だ。

ベルフィスト・クローネの肉体を借りて復活しているのがその証拠《しょうこ》だ。ベルフィストの魂と魔王サタンの魂は交じり合い、彼らは共生している。

普段《ふだん》はベルフィストの人格が色濃《いろこ》く表れているが、戦闘《せんとう》時や魔王として振る舞う場面では、魔王らしい堂々とした態度に変貌《へんぼう》し、威圧《いあつ》感を放つ。

「この肉体に宿っているのは、魔王サタンの魂と力の一部だけだった。復活の際、力の一部は無数に分かれて散ってしまったからだ」

その力の一部を宿していたのが、何を隠そう勇者たちだった。

ベルフィストは、いいや、魔王サタンはこう語った。

力には意思が宿る。魔王の力は人間の心の隙間に引き寄せられた。後悔、葛藤《かっとう》、罪悪感……誰しも一つくらい、他人に言えない秘密はある。

そういう人間の心には、大きく深い穴が空いてしまう。穴を埋めるために、心は代わりになるものを求めた。

代わりとして呼び寄せてしまったのが、魔王の力の一部だったという。

未《いま》だに理屈《りくつ》は完全に理解できない。魔王の力を宿した対象が勇者たちというのは、いささか都合がよすぎると思う。

そういう物語なのだから、と言えばそれまでだ。

もしくは、それが運命だったからだろう。

「アルマ、ライオネス、メイゲン、ビリー……四人の中にあった力は、無事に回収できたでしょう？」

「ああ、彼らから取り戻《もど》した力はここにある」

ベルフィストは自分の胸に手を当てる。

心の隙間を埋めることで、魔王の力は居場所を失い、彼らから飛び出してくる。その瞬《しゅん》間《かん》を見計らい、ベルフィストが回収する。

そうやって私たちは、勇者たちの悩みを解決することで、魔王復活の手助けをしていた。

人類からは、何を余計なことをしてくれたのか、と怒られてしまうだろう。

そんなことは関係ない。私は絶対に、悲しい結末を回避してみせる。そのために必要だというのなら、魔王の嫁《よめ》にでもなってやろう。

「最後の一人、セイカ・ルノワールから力を回収できたら、約束は守ってもらうわよ」

「もちろんだ。お前を俺の嫁にしよう」

「それじゃなくて」

「そうですよ！　こんな人のお嫁さんになる必要なんてありません！」

「お前には関係ないだろう？」

「ありますよ！　私はスレイヤさんの友達なんですから！」

フレアは私の前に立ち、私のことを守るようにしてベルフィストに言い放つ。対面しているのは魔王サタンの依代だ。

実力に大きな差がある。今のフレアでは逆立ちしたって彼には勝てないし、物語の中でも、フレア一人ではどうにもならない相手だった。

フレアは私から物語の真実を聞いているから、彼の正体も当然知っている。

知った上で物おじせず、堂々とベルフィストに意見できるのも、彼女《かのじょ》の意思の強さなのだろう。

目的のために歩み寄ったのが最初だった。けれどやっぱり、彼女と友人なれたことは私にとって幸運だったと思う。

なんて頼《たの》もしい味方なのだ。

「ありがとう、フレア。私は大丈夫よ」

「スレイヤさん……」

「私は別に、彼の妻になることを嫌《いや》だと思っていないわ」

「おう……ついに認めてくれたか？」

「勘違《かんちが》いしないで。好いているわけでもないのよ」

「……」

ベルフィストは複雑な表情を見せる。そんな顔をさせているのはベルフィストの人格なのか、それともサタンのほうなのか。

どちらにしても彼らしくない意外な反応だった。

「約束は覚えているかしら？　私が条件を満たしてあなたの婚約者に……未来の妻になったなら……」

「お前を守る。生涯、寿命《じゅみょう》を迎《むか》えて死ぬまで、だったか？」

「ええ、そうよ」

かつて私は言い放った。

あなたの嫁になってあげる。でもその代わり、条件がある。

私のことを守りなさい。生涯、私が寿命を迎えて死ぬ……その日まで。

「私の願いはただ一つ、悲劇の結末を回避《かいひ》して、幸福なまま一生を終えることよ。そのためならなんだってやるわ」

「スレイヤさん……」

「ふっ、相変わらず強い眼をしている。そういうところが、俺を奮い立たせる。やっぱりお前は、俺の妻に相応しい」

「褒めてくれてありがとう。約束も忘れていないみたいでよかったわ」

忘れられたら困るもの。

何のためにここまで努力してきたのかわからない。

「だがわかっているな？　失敗すれば……その時は……」

「ええ、そうなったら戦うだけよ。未来をかけて」

「勝つ気か？　この俺に」

「勝つわよ。そのために強くなったんだから」

もしもの時は魔王を倒してしまえばいい。そんなことを考えて、本気で特訓したからこそ、今の私がいる。

「その時は私もスレイヤさんの味方です！　きっと皆《みな》さんも味方してくれるはずです！　こんな意地悪な人、みんなでやっつけちゃいましょう！」

「ふふっ、そうね。頼もしいわ」

今の私は一人じゃない。頼《たよ》れる仲間もいる。築き上げた関係が、いずれ私の背中を支えるだろう。

負ける気なんて毛頭ない。ただ、今は期待していようと思う。魔王が私のことを生涯かけて守ってくれるのよ？
世界で一番安全な居場所を手に入れられるなら、人生をかける価値がある。
さて、残るは最後の一人だ。
これまで同様、一筋縄じゃいかない相手だけど、私は必ずやり遂《と》げてみせる。
平穏《へいおん》ではない役割を与《あた》えられた人生を、最期《さいご》の瞬間まで、幸福に生きてゆけるように。

# 第一章

ほんの数日前の出来事だ。

突如《とつじょ》として現れた悪魔によって、この国は窮地《きゅうち》に立たされてしまった。うち一体は元魔王軍幹部のルベル。

共に襲撃にやってきた悪魔の先兵ミドレスも、並の魔法使いでは歯が立たない実力の持ち主だった。

本来ならばルート分岐《ぶんき》前最後のイベントとして登場し、主人公や勇者たちに自身の運命を意識付ける存在だ。

私が物語のどのルートからも外れてしまったことで、悪魔たちが登場するタイミングも大きくずれてしまったらしい。

予想はしていたけど、こんなにも序盤でルベルまで姿を見せるなんて予想外だった。

主人公フレアはもちろん、五人の勇者たちも未覚醒《かくせい》な状態だ。まともに戦って勝てる相手ではないことは明白。

私がやるしかないと思っていた。

「侮《あなど》れないものね」

「え？　何か言いましたか？」

「なんでもないわ」

私は隣を歩くフレアに視線を向けた。彼女はキョトンと首を傾《かし》げている。どこにでもいる普《ふ》通《つう》の女の子の彼女には、聖女としての力がある。

悪魔に対抗《たいこう》できる最も強力な力……聖なる加護を纏《まと》い、勇者たちと共に魔王と戦う宿命を背負った人。

あまり成長していないと思っていたけど、それは私の勘違いだったらしい。

彼女は成長していた。自身の運命を先に知っていたのが理由か。それとも、陰《かげ》でこっそり特訓でもしていたのか。

彼女だけではない。勇者たちもまた、私の予想を超《こ》える速度で成長していた。

ルートの終盤で覚醒させるはずだったそれぞれの特技、勇者としての能力をすでに覚醒させていた。

私たちが彼らの心の隙間を埋め、魔王の力を取り除いたことで、勇者の能力が覚醒する条件が揃《そろ》ったのだろう。

ただ、条件が揃っただけで、覚醒させられるかは彼ら自身にかかっている。

誰《だれ》かを守りたい、救いたいという強い意思……それこそ、勇者の力を呼び覚ます原動力であり、彼らを勇者たらしめる素質の一つ。

彼らは強く願ったのだろう。人々を守るための力が欲《ほ》しいと。

その願いが自身の奥底《おくそこ》に眠《ねむ》っていた才能に届き、勇者の力が覚醒した。

彼らの協力がなければ、今頃《いまごろ》この学園はもっとひどい状況《じょうきょう》になっていたに違いない。私一人では全てを守ることはできなかった。

いや、できたとしても、多少の犠牲《ぎせい》は回避できなかっただろう。

本当に、彼らは勇者と主人公だ。

彼らのおかげで私たちの平穏な日常は守られている。もっとも……あれ以来、学園の様子には変化が見られるようになったが。

「おはようございます！」

「ああ、おはよう」

フレアが何気なく声をかけたのは生徒ではない。教員でもなく、騎士《きし》の服装をした男性だった。

見た目通り、彼は王国騎士団《きしだん》に所属する騎士の一人だ。

「今日も見回りですか？」

「そうですよ。先日の一件がありましたからね。今もどこかに賊《ぞく》が潜《ひそ》んでいるかもしれません」

「怖《こわ》いですね……」

「ええ、だからこそ警備を強化しています。何か不審《ふしん》なものを見つけたら声をかけてください。それでは」

「はい！　ありがとうございます！」

騎士の男性が去っていく。去り際、チラッと私のほうにも視線を向けた。敵意はないが、訝《いぶか》しんでいるように見えた。

フレアが私へと視線を戻し、声をかけてくる。

「警備、どんどん厳しくなってるみたいですね」

「そのようね」

私は改めて周囲を確認《かくにん》する。

学園敷地内《しきちない》を歩くのは、生徒だけではなかった。話をした騎士の男性以外にも、本来なら見ない人たちの姿がある。

王国に属する魔法使い、そして騎士たち……彼らが頻繁《ひんぱん》に、学園を出入りするようになったことが、一番の変化だろう。

悪魔の襲撃を経て、学園の警備体制が見直され、強化されることになった。

あんなことが起こったのだ。当然といえば当然なのだけど……。

「正直……窮屈《きゅうくつ》ね」

常に誰かの視線があるというのは、わかりやすいストレスだ。

特に私は、学園の入学試験の時から変に目立ってしまっている。加えて、悪魔の襲撃事件で大活躍《だいかつやく》してしまった。

「スレイヤさん」

「大丈夫《だいじょうぶ》よ。普段通りにしていればいいわ」

「そうですね」

私たちは次の講義の教室に向けて歩き出す。

私やフレアたちは悪魔と交戦し、撃退《げきたい》している。強大な力を持つ悪魔を倒したのは騎士でも王国の魔法使いでもない。

ただの学生が悪魔を倒したのだから、普通ならもっと注目されるだろう。

しかしそうなっていないのは、その事実を知っている人間が少数だからだ。

あの日、襲撃を受けたのは王都の貴族街と、王城だった。貴族街はその名の通り、多くの貴族たちが屋敷《やしき》を構えている地域だ。

一般《いっぱん》市民は少なく、対峙《たいじ》したのも貴族たちを守っている騎士や魔法使いたちだ。

そして王城には当然、国王や城で働く者たちがいる。当然ながら一般市民の立ち入りは許されていない。

つまり、悪魔の襲撃と戦闘を目にしているのは、貴族や王城に関わっている人間だけであり、一般市民の目の届かないところで事件は起こっていた。

学園には多くの貴族の子息が通っている。貴族街で暮らしている生徒も少なくないが、幸いなことに貴族街は広かった。

悪魔の姿や戦闘を直接見る前に避難勧告《ひなんかんこく》が出され、安全な場所へと避難《ひなん》していた人たちがほとんどだろう。

王都の人々が悪魔の存在を知るには、王国側がそれを公表する必要があった。

しかし、王国側は悪魔の存在を未だ公表していない。

「王国側はどうして、悪魔の存在を公表しないんでしょうか」

「余計な混乱を招くのを避《さ》けたいのでしょうね」

「でも、見てしまった人も大勢いますよ？」

「そこは上手くやっているみたいよ」

王国側は悪魔の存在を否定している。というより、先の襲撃は悪魔ではなく、国家転覆《てんぷく》をもくろむ人間の組織の犯行、ということになっていた。

おかしな話だけど、そのことに誰も異議を唱えない。

真実を見て知ってしまった人たちが少数であること。襲撃を受けた場所が、一般市民が少ない地域だったこと。王国側が知ってしまった人たちに圧力をかけていることが原因だ。

もしも余計な口を出せば、この国での立場が危《あや》うくなってしまう。そもそも貴族と一般市民には隔《へだ》たりがある。

彼らもわざわざ一般市民に情報を流すようなことはしない。よって悪魔に関する噂《うわさ》は、学園や貴族たちの間だけに留《とど》まっていた。

加えて、より詳《くわ》しい真実については、さらにごく一部の人間しか知らされていない。

そう、例えば私やフレアが悪魔と戦い、退けたという事実も、知っている人間は限られている。

今も学園に流れているのは、生徒の誰かが悪魔と交戦し、見事に追い払《はら》ったという噂だけだった。

中には実際に見ていた人もいるはずだから、私や彼女たちが悪魔と戦っていたことを知る人もいるだろう。

ただ、悪魔の存在自体がおとぎ話程度だから、半信半疑な人も少なくない。しばらく大人しくしていれば、皆も興味を失うはずだ。

もっとも、同じことが二度や三度繰《く》り返されたなら話は別だけど……。

◇◇◇

お昼休みになり、私とフレアはいつも通り中庭に移動していた。

「はぁ、なんだかいつもより疲《つか》れますね」

「見られているせいでしょうね」

フレアがだらーんと肩《かた》の力を抜《ぬ》いて疲れを表現している。

警備という名の視線は、私たちが講義を受けている間も継続《けいぞく》していた。別に悪いことをしたわけじゃない。

それでも、見られているストレスで、普段の倍は疲れを感じているのだろう。

いつもの場所に到着《とうちゃく》すると、私たちより先にベルフィストがいた。

「やっと来たか」

「ベルさん、またサボってたんですか？」

「ここが一番落ち着くからな」

「そういうことじゃないですよ！」

木陰で腰《こし》を下ろしていたベルフィストが徐《おもむろ》に立ち上がり、上着やズボンについた葉っぱを手で叩《はた》いて落としながら言う。

「随分《ずいぶん》と窮屈な学園になったたな」

「そうね。あなたの周りも同じ感じかしら？」

「まぁな。ただお前たちほどじゃないとは思うぞ？」

「やっぱりそうなのね」

「え、どういうことですか？」

フレアはキョトンと首を傾げる。

どうやら彼女は気がついていなかったらしい。

「鈍感《どんかん》だな」

「な、なんですか急に！」

「フレアらしいわね」

「え、ええ？　スレイヤさんまで？　何なんですか！」

ちょっと意地悪をしてしまった。フレアはプンプン怒《おこ》って頬《ほお》を膨《ふく》らませている。

他人の好意や視線に鈍感なところも、物語の中と一緒《いっしょ》だ。

私はちょっぴり呆《あき》れながら、彼女に教える。

「監視《かんし》されているのよ。私たちは」

「え？　警備……じゃ、ないんですか？」

「警備しているのは事実だと思うぞ。ただ、それだけが理由じゃないということだ。そもそも襲撃《しゅうげき》を受けた場所はどこだ？」

「えっと、お城と貴族さんたちが暮らしている場所、ですよね？」

「その通り、学園は被害《ひがい》を受けていない」

ベルフィストの言葉でフレアもようやく少しずつ理解し始めた様子だ。彼女はハッと気づいたように反応して、私のほうを見る。

「そうよ。ここは襲撃されていない。警備を強化するなら、まずは襲撃を受けた場所のはず……でも、最初に警備が増えたのは学園よ」

「どうしてですか？」

「だから言っただろう？　お前たちを監視するためだ」

「だから、なんで監視なんですか？　私たち、何も悪いことはしてませんよ？　悪魔《あくま》とだって戦って、街を守ったのに」

「関わってしまったから、でしょうね」

フレアの疑問に私は静かに答える。

私たちは悪魔という存在を知ってしまった。この場にいる誰よりも……いいや、この国にいる誰よりも深く、悪魔と関わりを持ってしまった。

王国側だって、私たちが悪ではないとわかっているはずだ。

街や城を守るために、危険を冒《おか》して戦った人間を糾弾《きゅうだん》するほど、王国も愚《おろ》かではないだろう。

彼らが学園の警備を強化した理由は大きく二つ。

一つは、私たちを警護すること。私たちは悪魔と戦える貴重な存在だ。王国としても戦力になる私たちを失うわけにはいかない。

安全に日々の生活が送れるように、全体を警備している体裁《ていさい》で、実際は私たち個人の安全を確保してくれている。

二つ目は、私たちの動向をチェックすること。

私たちは悪魔の存在を知り、言葉すら交《か》わしてしまった。私たちが悪魔の存在を他に伝えたりしないか、余計なことをしないよう見張っている。

もしくは多少の疑いがあるのかもしれない。

突如として現れた悪魔たちと、私たちが何らかの関係性を持っているのかも、と。

実際は隣《となり》に、魔王の依代がいるわけだけど……。

「熱烈《ねつれつ》な視線を向けてくれるな」

「……そっちは変わりないみたいね」

「当然だろう？　俺《おれ》はあの戦いに参加していないからな」

「ずるいですよ！　私たちがあんなに大変な目にあったっていうのに！　一人だけのんびり観戦していたんですよね！」

フレアがプンプン怒っている。

先の戦い、彼は傍観《ぼうかん》に徹《てっ》していた。私が魔王の妻になる器かどうか、今一度確かめるためだと言っていたけど。

「私を試《ため》すことだけが理由じゃないでしょう？」

「……ふっ」

ベルフィストの雰囲気《ふんいき》が変わる。混ざり合った人格のうち、サタンの人格が色濃く表に表れる合図だった。

「奴《やつ》らの動向が気になった」

「悪魔たちの、ですか」

フレアの質問にベルフィストは頷《うなず》いてから続ける。

「目的は明白、俺が復活した気配を察知し、迎えに来たのだろう」

「でしょうね」

原作でもそうだった。

悪魔たちの目的は魔王の完全復活であり、魔王サタンをこの世に呼び戻し、再び世界を支配しようと動き出す。

魔王の存在を感知できる彼らは、その真偽《しんぎ》を確かめるべく、まずはミドレスを先兵として送《おく》り込《こ》み、主人公たちと邂逅《かいこう》する。

そこで魔王復活の兆《きざ》しと、それに対抗する聖女と勇者の存在を知り、魔王復活の前に彼女たちを抹殺《まっさつ》しようとする。

悪魔たちの思惑《おもわく》と並行《へいこう》して、勇者たちそれぞれが抱《かか》える問題にも直面し、主人公が彼らを導き救うことで勇者の能力が覚醒。

悪魔との戦闘を経て勝利するという流れだった。

魔王が実際に復活して主人公たちと対峙するのは、グランドフィナーレのルートだけだ。

それ以外の個別ルートは、悪魔や悪人を裏で操《あやつ》り、主人公たちを追い詰める。不完全な状態で主人公たちと対峙し、魔王は敗北する。

もしくは時期尚早《じきしょうそう》と判断して、後《のち》の大決戦を匂《にお》わせる終わり方もあった。

「姿を見せれば、彼は大喜びだったでしょうね」

「かもしれないな。だが、その気はない」

「どうして?」

「前にも伝えただろう?　俺は世界征服《せいふく》など興味がない。昔の俺は違《ちが》ったが、今の俺が興味を抱《いだ》いているのは……お前ただ一人だ」

ベルフィストから、魔王サタンから熱烈な視線を向けられている。

かつて世界の支配に向いていた彼の興味は、どういう訳か私個人に向けられてしまったらしい。

これを幸運と考えるべきか、更《さら》なる不運の前触《まえぶ》れか……。

今のところは順調だし、幸運だったと思うようにしている。まだまだ油断はできないけど、確かに彼自身に人類を滅《ほろ》ぼそうという意思はない。

少なくとも私にはそう見える。

「ねぇ、ずっと疑問だったのだけど」

「何がだ?」

「過去のあなたはどうして人類と敵対したの?」

本の中の物語では多くの伏線《ふくせん》が回収された。しかし、最後まで謎《なぞ》に包まれていることもあった。そのうちの一つが魔王の過去だ。

現代に蘇《よみがえ》った魔王は、かつて自身を滅ぼした人類への復讐《ふくしゅう》と、魔王としての野望である世界征服のため、再び動き出した。

かつてがそうだったように、現代に蘇った魔王の行動は一貫《いっかん》していた。だから気にはならなかった。

魔王とはそういうもので、世界を手に入れることが彼の目的であり悲願なのだと思ったからだ。

けれど、グランドフィナーレでの戦闘で、主人公フレアは魔王サタンの魂すら救おうとした。

争いではなく、対話で決着をつけようとしたのだ。

彼女は必死に訴《うった》えた。争いから生まれるのは悲しみだけだと。これ以上争い、仮に勝利したとしても、数百年、数千年先の未来で同じことが起こる。

そうならないためには、あなたとも分かり合うしかないと、彼女は叫《さけ》んだ。

魔王は問いかけた。

お前たち人間は、我々悪魔を許すことができるのか、と。

多くの人の命を奪《うば》い、悲しみを生み出した悪魔という存在を憎《にく》み、恐《おそ》れ、嫌《きら》うしかない。

分かり合うなど不可能だと。

しかしフレアは諦《あきら》めなかった。争うのは、恐れるのは、お互《たが》いのことを知らないからだと彼女は言った。

何を求め、何のために戦い、何を守ろうとしているのか……より深く理解し合えば、共存の未来だってつかみ取れる。

そんな夢物語を、フレアは本心から望んでいた。

魔王は彼女の心に触《ふ》れ、自分になかった考え方、意思を知ることで彼女に興味を抱くようになる。

そうして一年間の猶予《ゆうよ》を与えた。

もしも人々の、悪魔に対する意識を変えることができたなら、その時はフレアの求める世界に協力してもいい。

魔王と聖女は契約を交わした。

その後にどうなったのかは明かされていない。物語は、読者に想像の余地を残すような形でエンディングを迎えた。

そう、結局最後まで、魔王サタンの真意は明かされなかった。

「物語のあなたは、最後にフレアの提案に興味を抱いた。それまで人類を滅ぼすために戦っていたあなたが……そこも疑問だったわ」

「俺が戦っていた理由か。仮に、お前が知る物語の魔王が、俺と同じだとするなら……渇《かわ》き故に、だろうな」

「渇き？」

「悪魔は皆、戦いを好む。戦いだけが悪魔の感情を揺《ゆ》さぶり、高揚《こうよう》させる。だが俺は、ずっと物足りなさを感じていた。それが渇きだ」

彼は続けてこう語った。

渇きとは心に空いた穴のようなもので、埋《う》めるために必要なものを探し求める。無意識に、渇きを潤《うるお》す恵《めぐ》みを求める。

最初は闘争《とうそう》が足りないと考えた。

より強き相手との戦いこそが、彼の胸の渇きを潤してくれると考えていた。しかし、ベルフィストの身体に宿り、人の中で過ごすうちに、彼は少しずつ知っていった。

「人間は脆弱《ぜいじゃく》だ。俺たち悪魔に比べて弱すぎる。稀《まれ》に特異な力を持つ人間が生まれることはあるが、それもごく一部だろう」

「……そうね。人間は弱いわ」

ベルフィストは私を見ながら小さく笑う。お前は弱い人間の枠《わく》には当てはまらないぞ、とでも言いたげだ。

私だって弱い人間の一人だ。世界の真実を知り、未来を知っていたからこそ、私は強くなろうと努力した。

自分がどこまで強くならなければいけないのか。目標が最初から明確だったから、今まで頑張《がんば》ってこられただけだ。

人々は平和の中で、平穏に暮らしている。

私のような例外を除けば、彼の言う通り、多くの人々は脆弱だ。しかし悪いことではないだろう。

弱くとも幸せになれるのは、世界がそれだけ平和だという証拠なのだから。

「俺はかつて人に敗れた。脆弱だと見下していた人間に……腹立たしくもあったが、純粋《じゅんすい》な興味も湧《わ》いたぞ」

「じゃあ、復活前から人間に興味があったのね」

「ああ、人間の生き方に。人間が持つ感情に興味を持った。お前たち人間は、悪魔にはない多くの感情を持っているからな。お前が知る魔王は、支配することで、それらを手に入れようとしたのだろう」

「まるで他人事《ひと》ね」

「事実他人だ。お前が知る魔王と、今ここにいる俺は明確に異なる。なぜなら俺は、お前と出会うことができたからだ」

ベルフィストは語りながら優《やさ》しく、私の頬に片手で触れる。その瞳《ひとみ》は愛《いと》おしさを示すように、愛《め》でるように優しい。

「俺は俺に相応《ふさわ》しい人間を求めていた。だが、物語の俺はお前と出会っていない。ならば当然、相応しい人間などいないと判断しただろうな」

「スレイヤなら会っているでしょう？」

「それはお前じゃないだろう？」

「――！　そうね」

彼が言いたいのは、あくまで今の私と出会っているか否《いな》か、ということだ。

物語の魔王が彼ではないように、彼が出会ったスレイヤは今の私とは全くの別人だ。

「お前がいない世界で、相応しい相手など見つかるはずもない。お前だけが特別だ」

「それは……魔王としての言葉？　それとも……」

「どちらでもいいだろう？　俺はお前に期待している。だからお前も、俺の期待に応えてくれ」

ベルフィストの顔が私の顔に近づく。互いの呼吸音が聞こえるほどの距離《きょり》だ。もう少し、半歩前に出るだけで、唇《くちびる》が重なるだろう。

彼《かれ》にその気はない。私をからかおうとしているのがわかったから、無反応を続けていた。

そんな光景を隣で見せられていたフレアが、しびれを切らして間に入る。

「そこまでです！」

「おっと、邪魔《じゃま》をするな。これは俺たち二人の時間だ」

「私もいること忘れないでください！」

「そうだったか。忘れていたな」

いつも通り、フレアとベルフィストが言い争いを始めてしまった。

まだ彼に聞きたいことはあったけど、またの機会に取っておくことにしよう。

◇◇◇

放課後になる。

講義が終わり、生徒たちは帰路につく。私とフレアも帰宅するための仕度《したく》をして、教室から出ようとした。

教室を出てすぐ、護衛をしている騎士が私たちに気づき、歩み寄ってくる。

「スレイヤ・レイバーン様ですね？」

「はい」

「学園長がお時間を頂きたいそうです」

「学園長が？」

少し驚《おどろ》いて、私はフレアと視線を合わせる。学園長と直接関わるイベントは、物語の中のセイカルートでしか起こらない。

まだセイカの攻略《こうりゃく》を始めていないのに、わざわざ学園長から接触《せっしょく》を試みるなんて……。

気づかないうちに、セイカルートに入ってしまったということ？

それは考えにくい。考えられるとすれば、悪魔との戦いだけど……念のために確認しておこう。

「私だけですか？」

「はい」

騎士は即答《そくとう》した。悪魔と戦ったのは私だけじゃないことを、学園長は知っているはずだ。

その上で私だけを呼び出すのには、何か意味があるはずだろう。

少々面倒《めんどう》なことになるかもしれない。

「フレア、今日は一人で帰ってもらえるかしら」

「わかりました」

「ごめんなさい。それから――」

私は彼女《かのじょ》にだけ聞こえるように、耳元で囁《ささや》くように用件を伝えた。

「お願いできる？」

「わかりました！」

「ありがとう」

フレアにお願いをして、私は声をかけてきた騎士に視線を戻《もど》す。

「お待たせしてすみません」

「いえ、では参りましょう。学園長がお待ちです」

「はい」

私は騎士に連れられ、学園長が待っている部屋へと向かう。フレアは私が見えなくなるまで手を振《ふ》ってくれていた。


学園長の部屋は、校舎の最上階に位置している。

許可がなければ生徒は踏《ふ》み込めない唯一《ゆいいつ》の部屋が学園長の執務室《しつむしつ》になっていた。私もここへ来るのは初めてだ。

物語の中でも、セイカルートで一度しか登場していない。

到着した部屋の前で騎士がノックをして、中にいる学園長に入室の許可を貰《もら》う。

「どうぞ、中へお入りください」

「ありがとうございます」

さて、少しだけ気を引き締《し》めるとしよう。なにせ相手は学園長……セイカルートにおいて、主人公とセイカの前に立ちはだかった男だ。

「よく来てくれた。君がスレイヤ・レイバーンだな？」

「はい。お会いできて光栄です。ウリエ学園長」

扉《とびら》を開けた先で待っていたのは、白く長いひげを生やした老人だった。

彼こそが、ルノワール学園のトップであり、セイカ・ルノワールの祖父にあたる人物、ウリエ・ルノワール。

彼は学園長であると同時に、王国に属する魔法使《まほうつか》いを束ねる者でもあった。この国でもっとも優《すぐ》れた魔法使いは誰かと問われたら、多くの人は彼の名を挙げるだろう。

若い頃《ころ》に千を超える魔物《まもの》を討伐《とうばつ》し、数々の新しい魔法《まほう》を開発した現代最高の魔法使い。

教育にも熱心で、王国からの信頼《しんらい》も厚い。

人格者で知られる彼だが、それはあくまで表の顔に過ぎなかった。裏の顔、彼の本性《ほんしょう》を知っている身としては、警戒《けいかい》せずにはいられない。

「わざわざ呼び出してしまって申し訳ない。時間に余裕《よゆう》はあるのかな？」

「はい。少しであれば」

「そうか。ならばそこに座《すわ》るといい」

学園長に勧《すす》められ、部屋の窓際《まどぎわ》に用意されたソファーの片方に腰を下ろす。続けて学園長が対面に腰を下ろした。

「私に何か御用《ごよう》でしょうか？」

「うむ。まずは感謝を伝えたいと思ってな」

「感謝？」

「先の一件、悪魔の襲撃を退けてくれたことに対してだ」

いきなりその話をするのね……。

当然だけど、彼は悪魔の襲撃に関する詳細《しょうさい》を知っている。私やフレアたちが戦い、悪魔を倒《たお》したことも。

「運がよかっただけです」

「謙遜《けんそん》はしなくてもいい。悪魔の強さは私も聞き及《およ》んでいる。運で勝利を掴《つか》めるほど、簡単な相手ではなかっただろう？」

「……私一人の力ではありません」

「もちろん知っている。ライオネス・グレイツ、メイゲン・トローミア、ビリー、アルマ・グレイプニル、そして、フレア。彼らの功績も素晴《すば》らしいものだ。学園長としてとても誇《ほこ》らしいと思っている」

そう言って学園長は優しく微笑《ほほえ》みかけてくる。見た目はちょっぴり怖いけど、笑うとただのお爺《じい》ちゃんのように見える。

彼の本性を知らなければ、和《なご》やかな空気になったかもしれない。だけど私は知っているから、警戒を解くことができなかった。

それに気づいたのだろう。学園長は小さくため息をこぼす。

「緊張《きんちょう》しているのかな？」

「……はい。少し」

「そうか。ならば少し散歩でもしながら話をしよう」

「散歩、ですか？」

「うむ、散歩は嫌いかな？」

「いえ……わかりました」

意図はわからないけど、この場所で話を続けるよりはマシかもしれない。そう思った私は学園長に連れられ、外に出る。

すでにすべての講義は終了《しゅうりょう》して、生徒たちも帰宅している頃だ。廊下《ろうか》にはほとんど人の姿がなかった。

廊下を二人で歩きながら、学園長が話の続きを始める。

「彼らの功績は素晴らしい。だが、もっとも貢献《こうけん》してくれたのは、スレイヤ・レイバーン……君だ」

「……見ていたのですか？」

「いいや、残念ながら私は当時、ここにいなかった。仕事で王都の外に出ていたのでね。もしもいたなら、悪魔とは私が戦っていただろう」

「そうでしょうね。学園長がいてくださったなら、私たちの出番もなかったと思います」

「ふふっ、それはどうだろうな？　私は老いた身だ。若い頃ならいざしらず、今の私では悪魔の相手は厳しいかもしれん」

「そんなことは……」

「自分のことだ。自分が一番よくわかっている」

学園長は少しだけ寂《さび》しそうな横顔を見せる。魔法にも老いは大きく影響《えいきょう》する。魔法使いとしてのピークは四十歳《さい》前後と言われている。

それ以降は魔力量《まりょく》が減少し、出力も低下する。それ故に、ピークを超《こ》えた魔法使いは前線を離《はな》れ引退するか、老いの影響を抑《おさ》えるため、より技術を磨《みが》く。

単純に魔力量や出力だけなら、今の私のほうが上かもしれない。けれど技術に関しては、私では学園長の足元にも及ばない。

魔王《まおう》の次に恐ろしい人物が、今隣にいる彼だ。

「だからこそ、私は君の実力を高く評価している。悪魔を単機で撃退してしまう魔法使いなど、私が知る中でも君だけだ」

「……」

「どうやってそれだけの実力を身に着けたのか。私に教えてはくれないか?」

学園長は私のことを疑っている。おそらくは、彼が真に求めている目的を達成するために、私がそうではないかと。

さて、ここからはより慎重《しんちょう》に言葉を選ばなければならない。下手なことを口にすれば、今後の攻略にも影響が出てしまう。

それにしても遅《おそ》い。いつになったら……。

(そんなに俺が待ち遠しかったのか?)

「――――!」

「どうかしたかな?」

「いえ、少し躓《つまず》きそうになっただけです」

「そうか。気をつけなさい」

「はい」

学園長の視線を誤魔化《ごまか》し、私は小さくため息をこぼす。頭の中に響《ひび》いてきた彼の声は、学園長には聞こえていない。

「それで、さっきの質問の答えを聞きたいのだが」

「学園に入る前に勉強しました。魔法に関してだけではなく、その他のこともできるだけたくさん」

「ほう、勉強か」

「はい」

変に疑われないように自然に、私は学園長との会話を続けながら、頭に響いた声に意識を向ける。

そして念じるように語り掛《か》ける。

(遅いわよ、ベル)

（文句はフレアに言ってくれ。迷子になったのは彼女だ）

そうだった。彼女は迷子になりやすいんだった。

（はぁ……無事に合流できたみたいね）

（ああ、隣にいる。事情は聞いている。学園長に呼び出されたらしいな？）

（ええ、今まさにお話し中よ）

（話の内容は？）

私はここまでの会話内容をベルフィストに伝えた。

別れる前にフレアに頼《たの》んだのは、私が呼び出されたことをベルフィストに伝え、彼に私を見ていてもらうことだ。

彼の魔法なら、誰《だれ》にも気づかれず、私だけに声を届けることが可能だろう。

相手は学園長だ。何が起こるかわからない。もしもの時のために、ベルフィストの意見を参考にしたいと思っていた。

学園長の裏の顔は、ベルフィストも無関係ではないから。

「なぜそこまで学ぼうと思ったのかな？　単なる予習にしては、いささか強くなりすぎているだろう？」

「初めは予習のつもりでした。ですが学ぶうちに魔法の奥深《おくぶか》さを知って、より深く学びたいと思うようになったのです」

「ほうほう、それは感心だな。私も若い頃はそうだった」

「学園長もですか？」

「うむ。魔法とは最も奥深い学問だ。私も一度調べ始めたら止まらなくなってな？　当時魔法を教えてくれた先生には、付き合いきれないと呆れられてしまった」

学園長は嬉《うれ》しそうに笑いながらそう言ってくれた。

上手《うま》く誤魔化せただろうか。いいや、まだ疑われている。学園長は表情、仕草、魔力まで自分を上手くコントロールしている。

本心が読みにくく、何を考えているのかわからない。

（気色の悪い男だな）

（失礼ね）

（ふっ、お前も同じことを思っているじゃないか。俺の眼は誤魔化せないぞ？）

図星だ。私も彼と同じく、学園長と話しながら気色悪さを感じている。彼の裏の顔を知っているからこそだろう。

裏であんなことをしている人の雰囲気とは思えない。真実さえ知らなければ、私は彼を味方だと勘違《かんちが》いしたかもしれない。

「スレイヤ、君は若い頃の私に似ているかもしれないな」

「光栄です」

「そう思ってくれるか？　私も嬉しいよ」

ふと、立ち止まる。

気づかぬうちに、私たちはとある扉の前にたどり着いていた。同時に二人の相手をしていたせいで、どこに向かっているかも考えなかった。

到着してようやく、彼が私をどこへ案内していたのかを知る。

この扉は……。

「スレイヤよ。君は魔王の存在を信じるか？」

「――――！」

扉の前で立ち止まった学園長は、清々《すがすが》しい表情で私に質問してきた。おそらくこれが本題なのだろう。

（スレイヤ）

（わかっているわ）

ここから先に進むつもりはない。今はまだ……進んではいけない。

「魔王、ですか？」

「うむ」

「存在……するのではないでしょうか。悪魔を見たばかりですので」

「なるほど……ならば、もしもいたとして、魔王はどんな姿をしているのだろうな」

学園長は続けて質問してくる。私の強さの異常性に気づき、疑っている。私が魔王に関係する者ではないか、と。

事実だが、ここで知られるわけにはいかない。

「わかりません。恐ろしくて考えたこともありません」

「そうか。私は一度、お目にかかりたいと思っているがな」

「魔王にですか？」

「うむ。魔王……この世で最も優れた存在……」

「それが魔王だとおっしゃるのですか？」

「魔法使いの視点から言えば、魔王ほど優れた存在はいないということだ。魔法の奥深さを知る君なら、私と同じことを考えると思ったのだが……」

学園長は私をじっと見つめる。確かめるように、値踏《ねぶ》みするように。私は目をそらさず、少し困った表情を作る。

「どうやら違ったようだ」

彼は目を逸《そ》らした。私が期待通りの反応を示さなくて、ガッカリしているようだ。

「時間を取らせてすまなかったな。また機会があれば話そう」

「はい」

ようやく解放される。ホッとする私に、学園長は言い残す。

「そうだ。セイカとも、仲良くしてやってくれ」

◇◇◇

翌日の昼休み、私たちは三人で集まっていた。

「昨日はお疲《つか》れだったたな」

「大丈夫《だいじょうぶ》だったんですか？　スレイヤさん！」

「ええ、なんともないわ」

下手なセリフを口にすれば、セイカルートに入ってしまうとヒヤヒヤしたけど、なんとか乗り切ることができた。

ただ、学園長の私に対する興味……疑いが晴れたわけじゃない。

どうやらあまり時間は残されていないようだ。悪魔の襲撃イベントが起こってしまった以上、私も急がなくてはならない。

「次が最後の一人ね」

「セイカ先輩《せんぱい》ですよね？　私は一回しか話したことないので、ほとんど知らないのですけど……私にできそうなことなら頑張ります！」

フレアは張り切っている。アルマの件で断ってしまった分、ここで役に立とうとしてくれているのだろう。

「ありがとう。でも、今回は大丈夫よ」

「……また、無《む》茶《ちゃ》なことをするんですか？」

彼女は心配そうに私を見つめる。

「大丈夫よ。頑張るのは私じゃなくて――」

私の視線はフレアではなく、もう一人に向けられる。

「俺か」

「ええ、あなたの出番よ」

セイカ・ルノワールの友人キャラクター。彼のお話において、ベルフィストはかなり重要なポジションにいた。

きっかけを作ったのはフレアだけど、問題の解決に一番貢献したのは間《ま》違《ちが》いなく……。

「ベル、あなたの言葉なら彼に届くわ」

「……ふぅ、まぁいいか。これが最後の一人だしな。俺も頑張ろうか」

「ええ、頑張ってね？　私と結婚《けっこん》したいんでしょ？」

「ああ、ぜひしたいな。そのためにも、セイカは俺に任せて――」

ほぼ同時に、私とベルフィストは気配を察知する。がさりという音で、遅《おく》れてフレアが気づく。

「――へぇ、私のこと話してくれていたんだ？　気になるな」

木陰《こかげ》から不気味に、彼は姿を現した。

物語の勇者、最後の一人。セイカ・ルノワールが。

「え、セイカ先輩⁉」

「やぁ、フレアちゃんだっけ？　会うのは二度目だね」

「は、はい！　この間は道に迷っているところを助けてくださってありがとうございました！」

フレアが勢いよくお辞儀《じぎ》をする。

この子は……またどこかで迷子になっていたのね。

「気にしなくていいよ。今日は迷っている……わけじゃなさそうだね」

「あ、はい。えっと……」

フレアは反応に困っている。

セイカの眼は不思議な色をしていて、あの瞳で見つめられると、なぜか自分の心を見透《みす》かされているように感じる。

「セイカこそ、こんな場所で何をしてるんだ？」

気軽に尋《たず》ねたのは、彼の友人であるベルフィストだ。二人は学園に入ってから知り合い、仲良くなっている。

幼馴染《おさななじみ》でもなければ、親友とも呼べない。少し、不思議な距離感がある。

「お前がこんな場所に来るなんて珍《めずら》しい」

「そうか？　確かにここは、お前がよく来る場所だったからな。邪魔をしちゃ悪いと思って少し避《さ》けていた」

「なんだ遠慮《えんりょ》してたのか？　俺とお前の仲なんだ。そんな遠慮はいらないぞ」

「そうだな。まったく……だからショックだよ。隠《かく》し事《ごと》をされていたなんてね」

セイカの視線が冷たくなる。睨《にら》んでいるわけではなく、ただ静かに見ている。

私たちを、不思議な瞳で。

「君たち、最近こそこそ何かしているね？」

「なんだなんだ？　俺《おれ》がこっそり美女二人と会っているからって嫉妬《しっと》か？」

「ははっ、ただイチャついているだけなら私も気にしなかったよ。けど……ここ数日、何度も無断で魔法を行使しているだろ？」

「――！　なんのことかな？」

「惚《とぼ》けるなよ。お前は知っているはずだ。ここは私の学園だよ？」

彼はこの学園のトップの孫であり手足でもある。

学園内で不審《ふしん》な動きがないか。常に警戒し、対処するのはセイカに与《あた》えられた役割の一つだった。

それなりに派手な行動をとったから、気づかれているとは思っていたけど……。

「向こうから接触してくるとはね」

ちょっと予想外。これから作戦を伝えて準備するつもりだったけど、これは無理そうね。

悪魔《あくま》の襲撃《しゅうげき》がセイカルートへ入る後押《あとお》しになってしまったか。昨日の学園長との会話が原因なのか。

どちらにしろ、こうなってしまっては逃《に》げられない。

「何をしていたのか、君たちの目的を教えてもらえるかな？」

「断る、と言ったら？」

「その時は仕方がない。力ずくで聞き出すまでだよ」

彼の視線はより冷たくなる。

本気だ。もはや誤魔化しは通じない。

「ベル、あなたの出番よ」

「わかってるよ。こいつの相手は……俺がするべきだ」

セイカの正面に、ベルフィストが立ちはだかる。

「何のつもりだ？」

「邪魔はさせない。俺たちの目的も話せない」

「そうか。なら、仕方がないな」

「ああ、力ずくで聞き出してみるしかないな！」

二人が衝突《しょうとつ》する。と同時に、私は隔離《かくり》結界を展開した。

「スレイヤさん！　二人を止めなくていいんですか！」

「……これでいいのよ」

不安そうに尋ねるフレアに、私は静かに答える。

「この二人は……戦わなくちゃいけないわ」

セイカ・ルノワール。一学年上の先輩で、二年生の主席を務める逸材《いつざい》。座学、実技共に学園トップの実力者。原作において、五人の勇者の中でも彼の実力は抜《ぬ》きん出ていた。

魔法使いとしてのセンスはビリーに劣《おと》るものの、培《つちか》われた経験と技術で彼すら凌駕《りょうが》する魔法使いとして描《えが》かれていた。

彼が抱《かか》える問題、秘密はこの学園と深く関わっている。単純な解決は難しい。少なくとも、私やフレアには不可能だ。

「初めてだな。お前とこうして戦うのは」

「そうだな。なんだかんだ喧嘩《けんか》もせず仲良くやってたからな！　俺たちは！」

「……ああ、仲良くな」

セイカは水を操《あやつ》る魔《ま》法陣《ほうじん》を展開し、生成した水を生き物の形に変化させる。

鳥、狼《おおかみ》、ゾウ、イルカ。様々な動物の形に変えた水を操り、ベルフィストを襲《おそ》う。対するベルフィストは魔力による身体強化を施《ほどこ》し、拳《こぶし》に冷気を纏《まと》わせる。

彼の拳が衝突すると、水の生き物が一瞬《いっしゅん》で凍結《とうけつ》して粉々に砕《くだ》け散る。

「やるな。けど、その方法じゃこの数は捌《さば》けないぞ？」

ベルフィストの周囲を、数十体の水の像が囲む。

逃げ場はない。完全に囲まれたベルフィストは、ニヤリと笑《え》みを浮《う》かべて両手をあげる。

降参？

まさか、そんなわけがない。ベルは魔王の依代、この程度の包囲なんて、簡単に打ち破れる。

「俺をなめるなよ」

ベルフィストは振り上げた拳を勢いよく振り下ろす。殴《なぐ》ったのは地面や敵ではなく、空気だ。空気を叩《たた》き、その衝撃《しょうげき》は周囲に拡散する。

空気の振動《しんどう》、衝撃波《しょうげきは》によって動きが一斉《いっせい》に止まった水の偶像《ぐうぞう》は、次の瞬間消滅《しゅんかんしょうめつ》する。

「今のは……魔法の強制解除？」

「正解だ」

それは、魔王である彼だけが成せる御業《みわざ》。魔力そのものを操り、放出することで相手の魔法を妨害《ぼうがい》する。

セイカの魔力によって制御《せいぎょ》されていた水の偶像は、ベルフィストの魔力が混ざったことでコントロールを失った。

「そんなことできる人、初めて見たよ。驚いたな」

「そうか？　驚いたようには見えないけどな」

「いや驚いてるよ。まさかお前が、ここまで戦える奴《やつ》だったなんて」

「……はっ！　それこそ心にもないだろ！　お前は最初から警戒していたはずだ！　だか

らこそ、お前は俺に近づいた。学園の守護者として監視《かんし》するために」

二人は向き合い、視線を合わせる。

原作でもそうだった。セイカは唯一、ベルフィストが魔王の依代である可能性に気づいていた。厳密には疑っていた。

今も尚《なお》……。

「お前は……本当に俺が知るベルフィストなのか？」

「ふっ、お前が知る俺……か。お前が俺のことを知ってくれていたなんて意外だよ」

「知っているさ。一年以上も顔を合わせているんだからね。ベルフィスト、お前だってそうじゃないのか？」

「……普通《ふつう》はそうかもしれないな。だが俺には、お前のことなんて微塵《みじん》もわからないよ」

ベルフィストは拳を下ろし、セイカも攻撃《こうげき》をやめる。

二人は向き合い、視線を逸らすことなく言葉をぶつけ合う。

「お前は昔から、大事なことは何も話してくれなかったな」

「それはお互《たが》い様《さま》だろう？　お前だって秘密を抱えている。だから今、こうして戦っているんじゃないか」

「そうだな。お互い様だ。だから言うつもりはない！　お前が隠していること、一人で抱えていることを教えてくれるまではな」

「……」

ベルフィストはすでに知っている。

セイカ・ルノワールが抱える問題、彼が一人で悩《なや》み続けている秘密を。私の記《き》憶《おく》を見たことで、彼は知ってしまった。

それでも、彼の口から聞こうとしているのは、彼がセイカの唯一の友人だからに他ならない。

彼らの関係は歪《いびつ》だ。

私とフレアのような関係とも、私と勇者たちの関係とも違《ちが》っている。物語の中でも、ただの友人同士に見えて、どこか距離があった。

「話してみろよ、セイカ。お前は……何のためにここにいる？」

「――！　ベルフィスト、お前……」

「俺は何も知らないぞ？　ただ、お前が何かを隠していることくらいはわかる。お前と同じようにな」

「……」

これは彼ら自身の問題だ。私が口を挟《はさ》めることはない。ただ、見ていてもどかしさは感じてしまう。

「お前に話せることは一つもない」

「セイカ……」

「やめだ。どうやらこれ以上話しても、お前は何も話す気はなさそうだからな」

セイカはベルフィストに背を向ける。

「今後、君たちは監視の対象になる。少しは自分たちの行動に注意するといい」

そう言ってセイカは一人で歩き出し、私たちの前から姿を消した。その後ろ姿を、ベルフィストは見つめていた。

「スレイヤさん……」

「……はぁ、まったく……」

面倒な生き物ね。男というのは。

# 第二章

ベルフィストとセイカの衝突によって、私たちへの疑いはさらに深まってしまった。

警備という名の監視の目が強くなる。

それは学園内に留《とど》まらず、屋敷《やしき》の周辺まで続いていた。

「スレイヤ、学園で何かあったのか？」

「何か、というのは？」

「あなたが学園から帰宅する少し前に、学園の方がやってきたのよ」

夕食の時間、お父様とお母様が心配そうな表情で私に尋ねてきた。

どうやら学園を警備していた騎士《きし》の一人、おそらくはセイカが指揮している部下の誰かがこの屋敷を訪《おとず》れたらしい。

最近変わったことはないか。

私のことで気づいたこと、不審に感じたことはなかったか。

いくつかの質問をお父様に投げかけ、帰っていったそうだ。

「その質問にはなんとお答えになったのですか？」

「もちろん、そのままを伝えた」

「私たちの自慢《じまん》の娘《むすめ》よ。たくさんいいところを話しておいたわ」

「そうですか。ありがとうございます」

二人が善良な心の持ち主で、少し抜けているところがあって助かった。

さすがに両親にまで手を回しているとは考えていなかったが、どうやら甘《あま》い考えだったらしい。

「本当に大丈夫なのか？　学園で何かあったのなら、私たちにも相談しなさい」

「そうよ。私たちはいつでも、あなたの味方よ」

「ありがとうございます。私は大丈夫です」

「スレイヤ……」

「先日の一件で、学園側も対応を考えているのだと思います。怖《こわ》い思いをした人も少なくありませんので」

あの日、二人は屋敷にいなかった。

運がいいのかタイミングがよかったのか、ちょうど仕事で二人とも王都の外に出向いていたらしい。

おかげで二人は襲撃のことを知らない。

実際に見ていないから、襲撃者《しゅうげきしゃ》が悪魔だったこと、それを撃退《げきたい》したのが学園の生徒であり、私が筆頭であることも聞いていない。

私もあえて伝えることはしなかった。

変に心配をかけてしまったり、疑われてしまわないように。学園側としても、悪魔の存在を不用意に広めるつもりはないようだ。

話を聞く限り、悪魔の話題は一切《いっさい》出ていない。

「そうか。襲撃の場に居合わせてしまった者へのケアか」

「はい」

「そういうことね。なら安心だわ」

知らないままでいてもらったほうが、二人は安全だろう。

話をしたなら、二人が私のことを何も知らず、悪魔のことにも気づいていないと理解したはずだ。

下手に事情を説明して、二人を巻き込《こ》むのは逆効果だろう。

「ご心配をおかけしました。お父様、お母様」

「構わないさ」

「ええ、あなたがそう言うなら」

「はい」

この二人に裏はない。私のことを心から信頼し、愛してくれている人たちだ。

私が本物のスレイヤではないことも、魔王と交《か》わした契約《けいやく》も……知らないまま過ごしてもらえるように。

◇◇◇

「できるだけ早く対処したいわね」

(そうだな。さすがに窮屈《きゅうくつ》すぎて困っているよ)

私は自室に戻《もど》り、ベッドに腰《こし》かけながら話しかける。端《はた》から見れば独り言をつぶやいているように見えるだろう。

あいにくここは私の部屋で、私以外に誰もいない。

他人の目を気にする必要のない場所で、私は窓から屋敷の外を確認《かくにん》する。

「やっぱりいるわね」

屋敷の外に複数の気配がある。

上手く魔法で姿は隠しているみたいだけど、私の感覚までは誤魔化せない。一人、二人……四人は魔法使《まほうつか》い。

それ以外に堂々と騎士が数名巡回《じゅんかい》している。

騎士のほうは襲撃があった後だから、街を守るためという名目で配備されているはずだ。不審な人物、物がないか確認しているだけで、私の屋敷に留まっているわけではない。不審に思われないように、巡回ルートにこの屋敷が加わっているみたいだ。

私は小さくため息をつき、ベッドに寝転《ねころ》がる。

「そっちは？　ベル」

(同じだよ。外を騎士が巡回している。姿を隠した魔法使いも数名いるな)

「そう」

魔法による遠隔《えんかく》通話。私が話している相手はもちろんベルフィストだ。

学園長の前で使用しても気づかれた様子はなかった。魔王の魔法技術を用いれば、監視の目を欺《あざむ》き、会話をすることはたやすい。

「本当に大丈夫なんでしょうね？」

(信用していないな？)

「そうでしょう？　セイカにはバレていたじゃない」

（いいや、おそらくだが、あれは揺《ゆ》さぶりだ）

「え？」

揺さぶり……つまり、セイカは気づいていなかったということ？

私は首を傾《かし》げる。その動作はベルフィストに見えないが、雰囲気《ふんいき》は伝わったらしい。

彼《かれ》は続けて説明する。

（あいつ自身、俺たちを疑っていただけで確信はなかったのだろう）

「でも、学園は彼らの領域よ」

（そうだな。学園を管理している無数の結界……セイカも結界に関与《かんよ》できるなら、魔力の流れや魔法発動も察知できる。だがそれなら、一回目で気づくはずだ）

ベルフィストが言っている一回目とは、私と彼が出会った日のことを指している。

私たちは出会い、そして戦った。

隔離結界によって一定領域を現実から切り離し、誰にも気づかれないように。隔離結界も魔法の一つだ。

内と外を断絶できても、発動時の魔力の流れまでは偽装《ぎそう》できない。あれだけ大規模に結界を展開したなら気づかれる。

（セイカは学園内の事象を正確に把握《はあく》できるわけじゃない。そんなことができるなら、と

っくに俺たちの正体にも気づいている）

「確かにそうね。あれが揺さぶり……してやられたわ」

（気にするな。俺やお前が上手く取り繕《つくろ》っても、あの場にはフレアもいた。あいつは嘘《うそ》がつけないだろう）

「そうね。だからってフレアのせいにしちゃダメよ」

（わかっている。これは……俺とセイカの問題でもある。疑われていたというなら、俺のほうが先だ）

セイカルートにおいて、彼の口から語られた真意。

彼はベルフィストのことを疑っていた。より正確に表現するならば、ベルフィストが何かを隠していることに気づいていた。

しかし、彼の中に魔王サタンの魂《たましい》が宿っていることには、気づいていなかった。

それを知ったのはセイカルートの中盤《ちゅうばん》、彼が抱える問題と直面した時、セイカの前にベルフィストは現れた。

友人としてではなく、魔王サタンの依代、世界を揺るがす敵としてだった。

「こうなったら仕方がないわ。このままセイカの攻略《こうりゃく》に入るわよ」

（考えはあるのか？）

「あるにはあるわ。ただ、今までと違ってちょっと面倒《めんどう》ね」

これまでと明確に違うのは、彼が抱えている問題は、私の言葉や行動では解決できないということだ。

小手先の手段に頼《たよ》っても、彼が抱える問題には届かない。それほど大きく、深く、彼自身だけの問題ではない。

彼の問題にはどうしようもなく、ベルフィストの存在が関わってくる。

(フレアを使うのはどうだ?)

「どういうこと?」

(お前が知っている物語通りにする、ということだ)

「……セイカルートをなぞれというの? でもそれじゃ……」

セイカの心の隙間《すきま》を埋《う》めることはできても、他の勇者の心に影響を与えてしまうのではないか?

各ルートでは勇者たちの心の隙間を、フレアとの関係性が埋めてくれていた。しかしその方法では、救えるのは一人だけだった。

仮に勇者の中の誰かがフレアと恋人《こいびと》同士になったとする。

二人で力を合わせ、他の勇者が抱える問題を解決したとしても、彼らの心にはフレアを手に入れられなかった、という喪失感《そうしつ》が残ってしまう。

好意というのは奥《おく》が深く、人間の深層心理に関わっている感情の一つだ。自分では上手くコントロールできない。

心の隙間は埋まっても、新たな隙間を生み出してしまう。だから、彼女《かのじょ》と恋《こい》に落ちる前に、全ての問題を解決する必要があった。

(それはすでに叶《かな》った。あいつが最後の一人だろう？)

「……そういうこと？」

セイカを除く四人の勇者たちは、フレアと恋に落ちる前に問題を解決することができた。

それによって彼らの中に入り込んでいた魔王《まおう》の力の一部も回収している。

今ならセイカルートに入っても、彼らはフレアを奪《うば》われたなんて思わない。仮に誰かがフレアに好意を抱《いだ》き、喪失感を覚えたとしても……。

(回収したかった力はここにある。今さら隙間が生まれたとしても、俺たちの目的にはなんら支障がない)

「……そうね」

彼の言う通りだ。勇者たちが何を思うかなんて、私たちには関係ない。

ベルフィストの目的は魔王サタンの力の回収。私の目的は、破滅《はめつ》ルートから抜け出して、この世界で幸せに暮らすこと。

それさえ叶うのであれば、他の何を犠牲《ぎせい》にしてもいいと思っていた。

ふと、彼女の笑顔《えがお》が脳裏《のうり》に浮かぶ。

屈託《くったく》のない、心から私のことを慕《した》ってくれている彼女の……温かな微笑《ほほえ》みが。

「他の方法にしましょう」

(……)

ベルフィストが通話越《ご》しに、呆《あき》れてため息をこぼしたのがわかった。

(一応、理由を聞いておこうか?)

「あの子にそういうのは向いていないわ。嘘がつけないフレアに、恋愛《れんあい》を強制したところで逆効果よ」

(それもそうか)

「ええ」

恋愛は、誰かにしろと言われてするようなことじゃないと思う。

私は前世も含《ふく》めてそういう経験はないけど、憧《あこが》れは抱いていたから何となくわかる。

心に決めたたったひとりを想《おも》い、慕い、共にいたいと願う。

初めからそうであるように、出会いすら運命であるかのように、互いの魂が惹《ひ》かれ合うような関係でなければならない。

（意外とロマンチストなんだな）

「……」

（怒《おこ》るなよ）

「勝手に他人の心を読まないでもらえるかしら？　通話切るわよ」

（おっとそれは困る。まだ本題が済んでない）

「……はぁ」

ベルフィストと話していると調子が乱れる。私の心を見透かされているようで、あまり気分はよくない。

（他の方法と言っていたな？　あるのか？）

「あるわ。大掛《おおが》かりで、強引《ごういん》な手だけど」

（へぇ、聞かせてもらえるか？）

思いついたのはついさっきだ。セイカルートに入るという話題の時、頭の中でセイカルートのおさらいをした。

彼を縛《しば》っていたものは何なのか。その本質と根幹を、私はすでに知っている。

だから——

（なるほどだ。大胆《だいたん》な作戦だ）

「気に入ってもらえたかしら？」

（俺好みではある。強引なのは嫌《きら》いじゃない）

「そう。でも、失敗すれば後がないわ」

（そうだな。俺だけじゃない。下手をすればお前も……世界の敵になるかもしれないぞ？

いや、成功したとしても……か）

声の向こうでベルフィストが、魔王サタンの人格が色濃《いろこ》く表れた笑みを浮かべているのが想像できる。

わかっている。

この作戦は成功したとしても、私たちの立場が危《あや》うくなる可能性が高い。重要なのはバレないことだ。

誰《だれ》にも気づかれず、セイカが抱える問題の根幹を……。

「破壊《はかい》するわよ」

（いいな。前進か、それとも破滅か）

「破滅する気はないわ」

（もちろん、俺も同じだよ）

そのためにも、行動を起こさなくてはならない。ただし私やベルフィストは動けない。

この作戦を実行する上で一番の難題は、協力者の存在が不可欠ということだ。その辺りは明日、フレアにも相談するとしよう。

（それしても、出会いすら運命であるかのように、か）

「何よ」

（いや？　俺たちの出会いも、運命であるといいな）

「……ふふっ」

運命であることは疑いようがない。私がスレイヤとして生まれ変わったことも、ベルフィストと出会ったことも……。

願わくは、これが宿命にならないように。

◇◇◇

「おはよう、スレイヤ」

「……」

「なんだその顔？　意外だったか？」

「ええ。表での接触《せっしょく》は断《た》つかと思っていたわ」

翌日の早朝、学園に登校した私に、最初に声をかけてきたのはベルフィストだった。

私は少し驚《おどろ》いた。口にした通り、学園での接触は避けると思っていたから。

彼は何食わぬ顔で私の隣《となり》を歩く。

「どうせ見られているんだ。どこで会おうと関係ない。なら、堂々としているほうがいいと思わないか？」

「……それもそうね」

変にビクビクしているほうが怪《あや》しく見えるかもしれない。彼の言う通り、むしろ積極的に顔を合わせて話すべきか。

そこへ元気よく駆《か》け寄るもう一つの足音に気づく。

「スレイヤさん！　おはようございます！」

「おはよう、フレア」

「朝から元気だな」

「え？　なんでこの人まで一緒《いっしょ》にいるんですか？」

「いちゃ悪いのか？」

「邪魔《じゃま》です」

「……相変わらず俺に対しては遠慮がないな」

ベルフィストは呆れてため息をこぼす。フレアはちょっぴり不機嫌《ふきげん》そうだ。

普段《ふだん》なら一番に私に声をかけてくるのは彼女だった。先を越《こ》されてしまったような気分なのだろう。

「フレアのほうは大丈夫《だいじょうぶ》だったかしら？」

「何がですか？」

「監視よ。あなたのほうにもいたでしょう？」

「え……いませんでしたよ？」

「「──!?」」

私とベルフィストは同時に驚き、互いの顔を見つめる。

フレアの周囲には監視がいなかった？

「気づかなかっただけじゃないのか？」

「え、でも周りには誰もいませんでしたし、見られている感じもなかったですけど……」

「窓の外は確認した？」

「はい。普段から眠《ねむ》る前に星を見ているので」

彼女はニコリと微笑みながら教えてくれた。

確かに物語の中でも、フレアは眠る前に星々を眺《なが》め、一日のことを振《ふ》り返り、明日がよい一日であることを祈《いの》る習慣があった。

この世界でもそれは変わらないらしい。

「星を見るときは窓を開けているんです。外もよく見えますよ」

「……どういうことかしら」

なぜ彼女だけ監視の目がないのか。

あの場には彼女もいた。セイカから見れば、私とベルフィストだけでなく、フレアも監視対象になるはずだ。

考えられるとすれば……。

「彼女が聖女だから？」

聖なる力を宿し、悪魔たちの対極に位置する存在。そんな彼女が悪魔に手を貸すことは考えにくい、と思っている？

もしそうだとしても、私やベルフィストと共に行動していた事実の説明はできない。

疑わない理由としては弱い。

「確かめればいいだろ？」

「そうね。今夜、彼女の周りを確認して、もしも監視がゆるければ……」

「あの、何の話ですか？」

「……フレア、あなたにやってもらいたいことがあるわ」

私はベルフィストに視線を向ける。

監視されている今、口頭で説明するわけにはいかなかった。ベルフィストから彼女へ、魔法による通話で事情を説明してもらう。

通話が開始されたのか、フレアがビクッと反応して、一瞬だけベルフィストのほうへ視線を向けた。

その後は気づかれないように、表では何気ない会話を続ける。

「スレイヤさん、今日はどの講義にしますか？」

「そうね。昨日と同じ系列の講義を探しましょう」

「はい！」

ベルフィストが私に視線を送り、話が終わったことを知らせてくれる。

「そういえば、頼《たの》んでいたことはやれそう？」

「はい！　もちろんですよ！」

フレアは即答《そくとう》した。私の言葉の意味がわかっていない、わけじゃないだろう。

「……いいの？　危険なことになるわ」

「はい。大丈夫です。私にできることなら精一杯頑張《せいいっぱいがんば》ります」

「そう……なら、お願いするかもしれないわ」

「わかりました！　まずは準備からですよね？」

「そうね」

私はベルフィストに一瞬視線を送り、彼との魔法通信へと誘導《ゆうどう》する。

（今夜、俺とお前の意識を繋《つな》げたまま彼女の周辺を探《さぐ》る。それでいいな？）

（ええ。警備がいないいなら作戦開始よ）

（俺は構わないが、危険な賭《か》けだぞ？）

（わかっているわ）

これが罠《わな》である可能性も高い。

失敗すればこれまでの全てが台なしになる。死戦渦《うずま》巻く戦場であれ、勝敗には時の運も大きく関与する。

ここが私の、私たちの人生における分水嶺《ぶんすいれい》になるだろう。

乾坤一擲《けんこんいってき》、いざ――

◇◇◇

同日の夜。

私は眠りについたふりをして、ベッドで横になっている。閉じた瞼《まぶた》の裏側で見るのは夢ではなく、遠く離《はな》れた地にいる友人の視界だ。

「スレイヤさん、見えていますか？」

（ええ、バッチリよ）

「なんだか不思議な感覚ですね」

（そうね）

視覚と意識の共有。魔法によって私は今、フレアと感覚を共有している。私個人の技量では不可能な芸当だった。

彼の、魔王の技術がなければ……。

（おい、俺抜《おれぬ》きで話を進めるのはやめてくれないか？）

「ベルさんは話しかけないでください！　耳が不愉快《ふゆかい》です」

（お前……）

（フレア、気持ちはわかるけど我慢《がまん》して。ベルがいないとこの状態は成立しないわ）

「スレイヤさんがそう言うなら、我慢します」

（まったく、これはこれで苦労するんだからな？　少しは感謝してもらいたいな）

（ふふっ）

言葉には出さないけど、感謝はしている。こんな繊細《せんさい》な魔法の操作技術、いくら修行《しゅぎょう》を積んだ私でも難しい。

魔王だからこそできる。異なる二つの意識を、さらに別の意識に結合させて、思考を邪魔せず共有を可能にするなんて。

（さすが魔王ね）

（今さら褒《ほ》めても遅《おそ》いぞ？）

「そうですよ。こんな人を褒めるなんてもったいないです」

（お前は少しくらい感謝をしたらどうだ？）

特に価値観が違う意識を共有させるのは大変だったはずだ。

とにかくこれで、彼女の視界を含む五感が私たちの感覚と接続している。彼女が見ているもの、感じる匂《にお》いや音もそのまま私たちに伝わる。

（窓を開けてもらっていいかしら？）

「はい」

彼女の眼を通して、周囲を確認する。見ているのは私だけじゃなく、ベルフィストも同様だ。

（本当にいないわね。ベル）

（気配は感じない。魔法で姿を消しているのも……なさそうだな）

昼間にフレアが言っていたように、彼女の周りには監視がいないようだ。

少なくとも私やベルフィストのように、魔法使いが姿を消して待機している、ということはなさそうだった。

巡回している騎士の姿は時折見受けられるが、フレアを監視しているというより、彼らの巡回ルートの一つに、フレアの住んでいる場所が含まれているだけ、のように感じる。

私やベルフィストとは、警戒《けいかい》の程度が明らかに違っていた。

さて、これをチャンスと捉《とら》えるべきか、それとも罠だと警戒するべきか……。

（両方だろうな）

ベルフィストの声が頭に響《ひび》く。意識を繋げている今、私の考えていることは彼にほとんど筒抜《つつぬ》けだ。

魔法を発動している本人であるベルフィストの心は読めないのに、少々不公平じゃないかと不満を言いたくなる。

（文句は言わないでくれよ）

（わかっているわ。フレア、今朝お願いした通りにしてもらえる？）

「はい！」

（相変わらず即答だな。危険な賭けだぞ？）

「いいんです。だって一人じゃありませんから！」

フレアの感情が私たちに流《なが》れ込んでくる。淀《よど》みない信頼《しんらい》を私たちに向けていることがわかった。

ならば私たちも応えるしかない。

彼女の安全を守りながら、私たちは目的を達成する。そのために――

（今から学園に侵入《しんにゅう》して、隠《かく》された秘密を暴《あば》きましょう）

（ああ）

「はい！」

◇◇◇

深夜の学園内には、警備の騎士たちが巡回していた。

二人一組で行動し、片方の騎士が大きな欠伸《あくび》をする。

「ふぁーあ……暇《ひま》だなぁ」

「おい、集中しろ」

「集中しろったって、何も起こらねーよ。ここは学園で、襲《おそ》われたのは王城と貴族街だろ？　なんでわざわざここまで俺《おれ》たちが警備しなきゃいけないんだか」

「文句を言うな。これも命令だ」

文句を口にした騎士はため息をこぼしながら、両腕《りょううで》をだらーんとさせて歩いて行く。その隣を真面目な騎士がため息交じりに歩く。

その様子を、すぐ傍《そば》で確認していた。

「気づかれなかったみたいですね」

（当然だ。俺の魔法だぞ）

「じゃあ失敗したらベルさんのせいですからね」

（その時は連帯責任だ）

（こんな時に喧嘩《けんか》しないでちょうだい）

まったく、この二人はどんな場面でも普段通りすぎて逆に凄《すご》いと思う。フレアは警備の騎士が巡回する学園に忍《しの》び込んでいる。

私たちは感覚を共有し、ベルフィストが施《ほどこ》した不可視化の魔法で、彼女の姿は誰にも認《にん》識《しき》されない。

通常の不可視化は魔力《まりょく》まで消せず、魔法の痕跡《こんせき》が残ってしまうのだが、ベルフィストは魔王サタンの依代だ。

魔法の痕跡すら残さない完璧《かんぺき》な不可視化を可能にしていた。

（このまま先に進んで）

「はい」

目指す場所は決まっている。先日、学園長に呼び出され、彼と共に歩き、いつの間にかたどり着いていた場所。

私はフレアを誘導し、あの扉《とびら》の前に彼女を立たせた。

（この扉の先に地下があるわ）

フレアが扉に触《ふ》れ、開けようと試みる。しかしガチャリと音を立てるばかりで、一向に開く気配がなかった。

「あ、開きません」

（魔法による封印《ふういん》が施されているわね）

物語でこれを解除するには、強引に破壊するか、封印の解除魔法を知っているセイカの協力が必要になる。

（扉に手をかざしてくれ）

「こうですか？」

ただし、今の私たちには頼もしすぎる味方がいる。魔王を前にして魔法の封印なんて、何の意味もなさない。

（開いたぞ）

「……」

（どうしたんだ？　中に入らないのか？）

「ベルさん、女の子の部屋とか勝手に覗《のぞ》いたりしてませんよね？」

（俺を何だと思っているんだ？）

（ふふっ）

本当に緊張感《きんちょうかん》の欠片《かけら》もない。でも、下手に緊張しすぎてしまうよりはマシか。

フレアはベルフィストが解除した扉をゆっくりと開ける。なるべく音を立てないように。

扉の先は地下へと続く階段になっていた。明かりはなく、足元は真っ暗だ。ただ、聖女であるフレアの眼は、闇《やみ》の中でもよく見える。

（便利な眼ね）

「そうですか？」

（ええ、普通《ふつう》はこんなにもハッキリ見えないな）

「そうなんですね。昔からなので、みんなこういうものだと思ってました」

聖女の瞳《ひとみ》は闇を遠ざけ光を集める。明かり一つない暗闇《くらやみ》でも、彼女の視界は一定の明るさを維持《いじ》していた。

聖女が持つ特権なのだが、彼女はそれに気がついていなかったようだ。

「これ、どこまで続くんですか？」

（まだ先のはずよ）

（安心しろ。今のところ気配はない。いや、奥に一人いるな）

「え、誰かいるんですか？」

（……いる。こちらに気づいている様子はない。気にせず進め）

「わかりました」

フレアは慎重《しんちょう》に階段を一段ずつ下っていく。近づくにつれ、私にも地下にいる気配を感じるようになった。

この場所を知っているのは、学園でも極限られた人間だけだ。加えてこんな夜遅《よるおそ》い時間にいるとなれば……候補はさらに絞《しぼ》られる。

「あの、今さらなんですけど、ここって何なんですか？」

（なんだ？　スレイヤから聞いていないのか？）

（ああ、そうね。フレアには伝えてなかったわ）

ベルフィストは私の記憶《きおく》を覗き込んだから、伝えるまでもなく知っているのだろう。いや、彼は魔王の依代だから、私の記憶がなくとも勘《かん》づいたはずだ。

（ここは研究施設《しせつ》よ）

「研究？　ビリー君と同じようなものですか？」

（まったく別物よ。ここで研究しているのは魔法ではなく、生命よ）

「生命？　一体何を……？」

それこそが学園が持つ裏の顔。

この学園のトップであるウリエ・ルノワールは、とある研究のために学園の設備や生徒たちを利用している。

その研究とは、人工生命の誕生だった。

彼は自らの手で命を生み出そうとしている。彼の目的はシンプル……完璧な生命体を作り出すことだ。

（完璧な生命体、それにもっとも近いのは誰かわかる？）

「えっと……王様、とか？」

（惜《お》しいわね。人の王じゃないわ）

「――！　魔王!?」

そう、魔王サタンこそ、学園長の悲願にもっとも近いと考えられていた。それ故に、ここで行われている研究の大部分は、魔王サタンの復活について。

「ベルさん！」

（俺も知らなかったさ。まさか、悪魔《あくま》以外に俺の復活を求める奴《やつ》がいたなんてな）

彼がその事実を知るのは、物語だとセイカルートだけだった。魔王復活をもくろむ学園長をセイカとフレアが協力して止める。

しかしすでに復活を果たしていた魔王が学園長を利用し、自身の完全復活を後押《あとお》しさせた。学園長はその過程で命を落としている。

セイカ・ルノワール、彼も学園長の狙《ねら》いを知りながら、それに従っている人間の一人だった。

「それじゃセイカ先輩《せんぱい》も、魔王の復活を望んでいるんですか？」

（いいえ、彼自身はそんなこと思っていないわ）

「じゃあどうして、学園長に協力しているんですか？」

（それは……彼がそういう役目を担《にな》っていたからよ）

「役目……？」

それこそ、セイカが抱《かか》える心の隙間だった。

彼は生まれてからずっと、誰かのいいなりになって生きている。両親は幼いころに病死し、彼を育てたのは学園長だった。

学園長はセイカの魔法の才能に気づき、手厚く指導した。孫に愛情を注いでいると、周囲からは評価される。

しかし実際は違《ちが》う。

学園長はセイカの才能を、自身の目的のために利用していただけだった。

完璧な生命体を作るためのプラン、その一つがセイカだ。学園長はセイカを育て、教育と指導によって完璧を目指せるか試《ため》した。

結果は失敗だった。

いかに優秀《ゆうしゅう》な人間になろうとも、学園長が求める完璧には届かない。セイカに興味を失った学園長は、彼への教育を放棄した。

「でも、セイカ先輩は学園長の味方なんですよね？」

（そうよ）

「どうして……」

それしか考えられなかったから、というのが答えだった。

彼はその生涯《しょうがい》のほとんどを、学園長の期待に応えるために費《つい》やした。学び、鍛《きた》え、培《つちか》うことで、彼は成長した。

その成長を学園長が喜んでくれることこそ、彼にとっての生きがいだった。

だが、学園長の興味は彼にない。すでに興味のなくなった対象に時間をかける気もなかったのだろう。

放置されるようになったセイカは、形容しがたい喪失感に襲われた。

自分は一体これまで何のために頑張《がんば》ってきたのか。何のために生まれ、何のために生きてきたのか。

心に空いた大きな穴を埋めるように、彼は自ら学園長に協力するようになった。もう一度必要とされれば、心の穴が埋まると考えて。

そうして、彼は矛盾《むじゅん》を抱えながら生きることになる。

魔王復活は人類にとって望むものではない。しかし、学園長はそれを望んでいる。彼は目的のためなら世界など壊《こわ》れてしまっても構わないと思っている。

セイカは学園で多くの人と関わり、フレアや仲間の勇者たちと出会うことで、世界を、日常を尊いものだと感じるようになった。

その矛盾が彼《かれ》を苦しめ葛藤《かっとう》させ、最終的にはフレアや仲間を選ぶことで、学園長と決別し、自分の存在意義を見つけるために戦うことを決意した。

そう、彼はずっと、学園長が続けている研究に囚《とら》われている。ならばいっそ、その研究そのものを破壊してしまえば……。

「だからここなんですね」

（ええ）

危険な賭けではある。失敗すれば、単にセイカの敵になるだけではない。学園を、国を、世界を敵に回すだろう。

それでも……。

（これが一番手っ取り早い。あいつが、新しい選択肢《せんたくし》を見つけるためにはな）

「ベルさん……」

（そろそろ口を閉じたほうがいい。気配に近づいている）

話しているうちに、フレアは階段を下りて地下室へとたどり着いていた。ぱしゃ、と足音が鳴る。

地下の地面が濡《ぬ》れている。ちょっと湿《しめ》っている程度ではなく、音が鳴るほど水が流れていた。

おかしい。地下の描写《びょうしゃ》に、水の流れなんて一文もなかった。

（やられたな）

（――まさか！）

この水はただの水じゃない。

侵入者《しんにゅうしゃ》が不可視化していても感知できるように張り巡《めぐ》らせた罠だ。気づいた時には手遅《ておく》れで、気配の主は彼女の前に立つ。

「そこにいるのはわかっているよ」

「――！」

周囲の水がうごめき、透明《とうめい》になっているフレアに襲い掛《か》かる。咄嗟《とっさ》にベルフィストが魔力を解放し、襲い掛かる水の攻撃《こうげき》を弾《はじ》く。

フレアは無事だが、その衝撃《しょうげき》で不可視化の魔《ま》法《ほう》は解除されてしまい、フレアの姿が露出《ろしゅつ》する。

「やっぱり、君が来たんだね」

「セイカ先輩……」

「迷子なんて言い訳は通じないよ？」

「……」

予想はしていたけど、フレアだけ警備が緩《ゆる》かったのはセイカが用意した罠だった。

こうなることも想定済みだ。彼が立ちはだかるなら、私たちも打って出よう。
（ベル）
（ああ）

直後、私とベルフィストはフレアを守るように転移する。驚いたフレアが両目を大きく見開き、私たちの名前を呼ぶ。

「スレイヤさん！　ベルさんも！」

「お疲《つか》れ様《さま》、ここまでで十分よ」

「ごめんなさい。私、もっと上手《うま》くやれたら……」

「気にしなくていい。こうなることも……いや、こうなる運命だったんだろうな。そう思うだろ？　セイカ」

「ベルフィスト……それにスレイヤ・レイバーン。やはり君たちも一緒か」

セイカは少しだけ悲しそうな目で私たちを見ていた。

ベルフィストが一歩前へ出る。

「スレイヤ」

「わかっているわよ。手出しはしない。ここから先は任せるわ」

「感謝する」

元よりそのつもりだった。二人が対峙《たいじ》したら邪魔しない。私が邪魔をしても、彼の心の隙間《すきま》を埋《う》められない。

彼の隙間を埋められるとしたら……。

「ベルフィスト、ここへ来るということは……知っているのかな？　この学園がどういう場所なのか。ここで何をしているのか」

「だとしたら？」

「……やはり、放置はできない。君は、君たちは危険な存在だ」

セイカは周囲の水を操《あやつ》り、無数の生物を生成する。あの日と同じように、一斉《いっせい》に水の生物が襲い掛かる。

「君たちを拘束《こうそく》する。その後で、君たちが何を知っているのかゆっくり聞かせてもらうよ」

「――散れ」

「――!?」

ベルフィストの言葉に魔力が宿り、迫《せま》りくる水の生物たちは一瞬《いっしゅん》で霧散《むさん》する。

「……魔言《まごん》か」

「同じ手が通じると思わないほうがいいぞ」

「……」

セイカは再び水を操り、生物を生成する。

「聞こえなかったのか？」

「試してみよう」

水の生物たちが襲い掛かる。さっきと同じように、ベルフィストは魔言で蹴散《けち》らす。

「散れ」

生物は水に戻《もど》ってしまう。

「こんなこと何度やっても――！」

破壊された生物が瞬時《しゅんじ》に再構築された？

魔言の効果は水を操る魔力に作用する。水そのものを消滅《しょうめつ》させているわけじゃない。破壊されてもすぐに作り直せば、水の生物は何度でも蘇《よみがえ》る。

「ちっ」

「今度は回避《かいひ》したね？」

「……ふっ、そうこなくっちゃな！」

二人は笑《え》みを浮《う》かべ、あの日と同じようにぶつかり合う。想《おも》いを攻撃に、言葉に乗せながら。

「セイカ、お前は何のためにここにいる?」

「もちろん、ここを守るためだよ」

「何ためにだ?」

「それが私の役割だからだ」

「――くだらないな」

ベルフィストは地面を踏《ふ》みつける。振動《しんどう》で研究室にあった設備がぐらつき、一部が倒《たお》れて破損する。

「入学式の時、お前から声をかけられたのには驚いたよ。学園長の期待の孫って噂《うわさ》は聞いてたから、なんでそんな奴が俺にって思ったさ」

「偶々《たまたま》だよ。入学式の席が隣だった。それだけだ」

「そうだろうな。あの時は偶然《ぐうぜん》だ。お前が俺を疑い始めたのは、一年の終わり頃《ごろ》からだろ?」

「ベルフィスト……さっきからまるで、疑っているのは正しいと言っているように聞こえるぞ」

セイカが問いかける。

ベルフィストは……いいや、サタンは笑みを浮かべる。

「そう言ってるんだよ」

「……」

「お前が睨《にら》んだ通りだ。俺の中には魔王《まおう》サタンの魂《たましい》が宿っている」

「――！」

一瞬の驚愕《きょうがく》の表情、の直後には冷静な表情に戻っていた。

納得《なっとく》したのだろう。胸の中にあったモヤモヤが、目の前で真実という形になったから。

「ちょっ、ちょっと、いいんですか？　あの人ばらしちゃいましたよ！」

「構わないわ。どうせ彼で最後よ」

私は見守る。以前、セイカは最後にしてほしいと彼は言った。もしかしたら、最初からこうするつもりだったのかもしれない。

彼はすでに知っている。物語の中で、自身とセイカがどういう結末を迎《むか》えたか。それが彼にとって……ベルフィストという人格にとって不本意だったことを。

「信じた、って顔してるな」

「……普通は信じない。けど、これまでの攻撃は普通じゃない。魔力をそのまま操るなんて人間には不可能な芸当だよ」

「ああ、だから見せた。わかりやすい証明だろ？」

「……お前は、ベルフィストじゃないのか？」

初めて、彼は睨むようにベルフィストを見つめた。

「俺は俺だ。混ざり合っている状態、どちらが主とかはない」

「……そうか」

セイカはどこかホッとした表情を見せる。しかしすぐ真剣《しんけん》な表情に切り替《か》わり、ベルフィストに問いかける。

「お前がサタンの魂を宿しているなら、私も立場上見過ごせない。抵抗《ていこう》しないなら……身の安全は保証する」

「それは無理だな。言っただろ？　混ざり合ってるんだ。お前が考えていることなんて簡単にわかるぞ」

「ベルフィスト……」

「サタンでもある。が、安心しろ。お前が思っているようなことは考えていない。俺は人間に害をなすつもりはないからな。今まで通り、普通に学園に通うだけだ」

セイカは僅《わず》かに動揺《どうよう》を見せる。魔王の言葉か、ベルフィストの言葉か、判断しかねているのか。仮に事実だとしても、彼の立場では見過ごせない。

「それはダメだ。お前のことは今後、学園側が管理する」

「管理じゃなくて幽閉《ゆうへい》だろう？　魔王はいいサンプルだからな。さぞ学園も……いいや、お前の祖父も喜ぶだろう」

「……」

「怖《こわ》い顔をするな。ここにたどり着いた時点で、お前たちが何をしているかは知っている」

学園が裏で何をしているのか。私たちはすでに知っている。この学園が……ただ生徒を育てる場所ではないことを。

セイカが一体、何を守っているのかを。

「俺は自由に生きる。止めたければかかってこい」

「……そうするしか、ないか」

二人は再び衝突《しょうとつ》する。

力を隠すことをやめた魔王と、相手の実力を認めた学園最強。二人が本気で衝突すれば、決着がつくまで止められない。

いいや、私なら割って入れる。けど……。

「無粋《ぶすい》よね」

ここから先は、友の時間だから。

「お前も大変だな！　学生以外のこともやらないといけないなんて！」

「お前こそ、魔王なんかに憑依《ひょうい》されて……よっぽど大変だ」

「俺はいいよ！　元々自由にやっていたんだ。出会った頃と何も変わらない！　お前も変わってないな！　あの頃の……つまらなそうな顔のままだ！」

「――――！　そう見えるのか？」

「そうとしか見えないな！」

吐《は》き出されるのはベルフィストの言葉だ。魔王ではなく、友としての想い。

◆◆◆

俺のセイカに対する第一印象は、優等生みたいな奴、だった。

単に優等生ではないところがポイントだ。

セイカはいつも、どこか窮屈《きゅうくつ》そうだった。講義を受けている時も、誰《だれ》かと話している時も、言葉を選び、態度を選び、視線や反応にいちいち集中していた。

友人とのたわいない会話くらい、もっと気楽にすればいいのに。

せっかく才能もあって、将来に期待できるのだから、もっと楽しそうにすればいい。

セイカの笑顔《えがお》は作りものだ。

いつだって偽物《にせもの》の笑顔で、楽しそうなフリをしている。でも、いつだったか、俺がくだらない冗談《じょうだん》を言った時、セイカは笑った。

どんな冗談だったのか思い出せないくらい、たわいない一言だった。

それでもセイカは笑った。あの時の笑顔だけはしっかり覚えている。作りものじゃなくて、自然に表れた笑顔だった。

くだらなさすぎて、緊張の糸が一瞬《いっしゅん》緩《ゆる》んだのだろう。

あの時の俺は、お前もそんな風に笑えるんだな……って、ちょっと安心した。

◆◆◆

「お前はなんでもできる！　普通の奴が見ていない景色を見てる！　それなのに、なんでつまらない顔してるんだと思ってた！　ようやくわかったぞ……お前、楽しんでないだろ」

「楽しむ？　学園生活なら十分楽しんでるさ」

「嘘《うそ》だな！　俺は見たことないぞ！　お前が本気で笑うところ！　一年隣《となり》にいて、一度もだ！　それで楽しんでるなんて言えるか！」

「……そういうお前はいつも楽しそうだったな」

「楽しかったさ。自由に遊びまわって、適当に授業をサボって、お前に怒《おこ》られたりしてな。

楽しいから笑った。お前にも……そうしてほしかった」

ベルフィストは拳《こぶし》を握《にぎ》り、セイカに殴《なぐ》りかかる。

水の障壁《しょうへき》を作ったセイカだが、防御《ぼうぎょ》しきれず吹《ふ》き飛ばされ地面に衝突する。

「くっ……」

「俺はこの先も自由に生きる！　自分らしく、日々を謳歌《おうか》する！　お前はどうなんだ？　そうやっていろんなものを背負《せお》い込《こ》んで、役目を果たすだけか！　心からやりたいことでもない癖《くせ》に！」

ベルフィストは叫《さけ》ぶ。まるで、物語のラストを飾《かざ》る激闘《げきとう》のように。

私の脳裏《のうり》には、本の文字が浮かぶ。

同じだ。魔王として君臨したベルフィストと、勇者として対峙するセイカ。二人は敵として衝突し、セイカが勝利した。

魔王が消滅し、残されたベルフィストの魂が消える直前、彼が言い残した言葉は心に残っている。

お前も自由に生きてみろ。

誰のためでもない……自分のために……さ。

そう、友に言い残し消えていった。

私は思う。本当は彼も、自由になったセイカの隣で……だから――

「俺は俺だ！　この先も変わらない！　だから！」

「――!?」

ベルフィストの攻撃はセイカの頬《ほお》を掠《かす》めて、背後にあった研究設備を直撃《ちょくげき》した。設備は爆発《ばくはつ》し、煙《けむり》が立ち上る。

「こうすることも、俺の自由だ」

「ベルフィスト、お前……」

「そんなつまらないものに囚われるなよ。お前は何でもやれるんだ。自分の生き方くらい、自分の欲で決めろ」

「自分の……欲」

決着がつく。守る対象がなくなったことで、セイカは膝《ひざ》を突《つ》く。そんな彼にベルフィストが手を差し伸《の》べる。暗がりに光が差し込むように。

「お前はいつまで子供のままでいるつもりだ？」

◆◆◆

ベルフィストとの出会いは偶然だった。今から思えば仕組まれたものだったのかもしれないが、当時の私は知る由もなかった。

入学式の時、隣の席に座ったのがベルフィストだった。

「ついに入学か〜。ちゃんと友達作れるか不安だな」

最初は独り言かと思った。でも、彼はハッキリと私のほうを向いて言っていた。

だから私は応えた。

「そうだね。でも、きっかけさえあればできるんじゃないかな？」

自分で口にして変な気分になった。たぶん、これがきっかけで、私とベルフィストは友人になった。

いきなり親しくなったわけじゃない。

なんとなく学園で顔を合わせると話をするようになって、何度か同じ講義を受けたりもした。次第《しだい》にお互《たが》いのことがわかるようになった頃、ベルフィストは講義をサボるようになった。

「あまりサボらないほうがいい。進級できなくなる」

「その時はその時だ。お前は真面目過ぎるんだよ。今日くらい一緒《いっしょ》にサボってみるのはどうだ？」

なんて、ベルフィストはよく私をサボらせようとした。

私には役割があって、講義を受けながら周囲の信頼を得るのもその過程に過ぎない。だから、サボるなんて選択肢《せんたくし》、最初からなかった。

「遠慮《えんりょ》しておくよ」

でも、少しくらいは思っていたよ。もしここで、私も一緒にサボっていたら、優等生じゃない私になっていたら……何か変わったのだろうか。

◆◆◆

「……子供か、その通りだな」

セイカは目を伏《ふ》せる。ベルフィストは一度差し出した手を引っ込めた。

「私はずっと、頑張る理由がほしかった。誰でもいいんだ。お祖父様《じいさま》が私に役割をくれるなら、私はそれを全《まっと》うするだけでいい」

「そんな人生が楽しいか？」

「……楽しくないさ。お前を、みんなを見ていると嫌《いや》でも感じるよ。人生を……心から楽しめていないと」

セイカは虚《むな》しさを感じていた。

学園には多くの希望を持って生きる生徒たちが大勢やってくる。輝《かがや》かしい未来を見据《みす》えた彼らの瞳は、いつだってキラキラ輝いている。

そんな生徒たちと自分は明確に違う。

未来に希望なんてなく、ただ与《あた》えられた役割をこなすだけの日々。それが正しいことかも自分では決められない。

疑問を抱《いだ》こうとも、それ以上先へは進まない。勇気がないのではなく、わからない。どう生きればいいのか。他人に生き方を示され、それ以外の方法を知らないまま育った彼は、普通に慣れていなかった。

自分はこのままでいいのか。けど、どうすればいいのかはわからない。そんな葛藤が、彼の心の隙間を広げたのだろう。

「だけど私は……」

「なら、俺が教えてやるよ。俺なりの楽しみ方を、自由に生きるってことを。目的とか使命とか、そんなものはどうだっていいんだ。己《おのれ》の欲に正直に生きること。他人なんて気にするな。これは俺たちの人生だ」

再びベルフィストは手を差し出す。

「――魔王のセリフとは思えないな」

「俺は俺だって言っただろ？　今でもベルフィストで、魔王でもある。それが今の俺で、これから先もだ。一年前と何か変わったか？」

「……はっ、いや、変わっていないな」

セイカはその手を取る。呆《あき》れたように笑いながら。

「あの頃のままだ」

「そういうことだ。お前もいい加減、真面目過ぎる性格を何とかしろよ」

「そういうお前は適当過ぎるんだ。授業サボりすぎて、留年しても知らないぞ」

「ははっ、その時はあいつらと一緒に楽しくやるよ」

ベルフィストが私たちに視線を向ける。地下であるはずのこの場所に、心地《ここち》いい風が吹き抜ける感覚があった。

「……それは、少し寂《さび》しいな」

「――！　だったら、目を離《はな》さないことだな」

「そうさせてもらおう」

清々《すがすが》しい表情で向き合う二人を、私たちは遠目に見つめる。

「えっと、解決したんでしょうか？」

「どうでしょうね」

二人の問題だ。男同士にしかわからない距離《きょり》感を保ち、通じ合ったように視線を合わせる。

残念ながら、私たちに入り込む余地はない。ただ見ていると羨《うらや》ましいと……思えてくる。

◇◇◇

「ついに終わりましたね」

「ええ」

激戦を終えた私たちは、放課後にいつもの場所で集まる。二人の戦いの結果はよくわからなかったけど、ちゃんと力は回収できたらしい。

「セイカは？」

「これからも見張るから覚悟《かくご》しておけ、って言われた」

「そう、よかったじゃない」

「よくない。監視《かんし》生活みたいなものだ。俺《おれ》と君のイチャイチャも覗かれるぞ？」

「しなければ問題ないでしょ？」

「冷たい奴だなぁ」

軽口をたたきながらも、私は内心で安堵《あんど》していた。五人の勇者と関わり、わずかな時間で問題を解決していく。

口で言うのは簡単だし、かかった時間も短い。それでも精神をすり減らしていたんだ。

ようやく終わる……そう思えた。

「あー、その件なんだが一つ訂正《ていせい》させてほしい」

「なに？」

「……力、まだ残ってるみたいだ」

「「え？」」

フレアと私は口を揃《そろ》える。

「どういうことですか！」

「五人とも回収は終わったのでしょう？」

「ああ、けど足りない。まだほかに、俺の力を持っている奴がいる……みたいなんだ」

「それじゃ……」

「全部見つけるまでが条件だったから、まだ続行だ」

落胆《らくたん》して、全身の力がすっと抜ける。

ようやく解放されると思っていたのに……結局まだ続くみたいね。しかも次からは、誰が標的かもわからない。

「ふっ……いいわよ。やってあげる。そうしないと、ハッピーエンドにならないんでしょ？」

「そうこなくっちゃな」

「私もお手伝いします！　スレイヤさんの幸せは私の幸せです！」

「ありがとう」

この物語はフィクションだ。実在の人物、団体は一切《いっさい》関係ない。なんて文句、今さら信じられない。

私が体験している物語こそ現実で、この先も続いていく。

破滅《はめつ》エンドなんてまっぴらだ。

私は必ず悲劇を回避してみせる。

# 閑話　聖女フレア

ある人が言っていました。この世界は、とある本の中の物語をなぞっているのだと。

主人公は女の子。彼女《かのじょ》の周りには、個性豊かな男の子たちがいて、一緒に邪悪《じゃあく》な魔王を退治するそうです。

そんなお話を聞くだけ、夢物語のように感じてしまいます。私も、そんな世界の一員だったら……と思いました。

そしたら、ある人は私に言ったのです。


あなたが、この世界の主人公よ。


そう、私のお友達は普通《ふつう》の人間ではありませんでした。

彼女は元々、別の世界で生まれ、悲しい死を遂《と》げた人だったそうです。

別の世界からやってきた彼女は、主人公と敵対するヒロインに生まれ変わった彼女は……私がお友達になりたいと思ったスレイヤさんだったのです。

それを知った時、私は運命を感じずにはいられませんでした。

彼女が教えてくれた物語の中では、私たちはずっと敵同士のままだったみたいです。でも、物語の中の主人公は、もう一人の私は、同じことを思ったはずです。

本当は彼女と……友達になりたかった、と。

彼女がこの世界に生まれ変わってくれたのは、もしかしたら……。

◇◇◇

私はルノワール学園の生徒になりました。

周りは貴族の偉《えら》い人たちばかりで、本当は凄《すご》く緊張《きんちょう》しています。私みたいに、なんのとりえもない人間と、仲良くしてくれる人はいるのかな?

ちゃんとお友達はできるのか、とても心配でした。

でも、不安なことばかり考えていても、きっと楽しいことは起こらない。だから私は、初めてのお友達は、自分から誘《さそ》おうと決めていました。

そして入学してすぐ、私はお友達になりたい女の子に出会ったんです。

「おはようございます！　スレイヤさん」

「ええ」

「今日もお昼に集まるんですよね？」

「そのつもりよ」

「じゃあ私も行きます！」

それが赤い髪《かみ》が特徴的《とくちょうてき》な彼女、スレイヤ・レイバーンさんです。

スレイヤさんと出会ってから、一緒に過ごす時間が増えました。彼女はいつも何かを考えているみたいです。

難しい顔をしている時、そっと横顔を見ると、ちゃんと私の視線に気づいてくれます。

「何？」

「なんでもないです！」

そういうところに、彼女の小さな優《やさ》しさを感じます。私は一人で嬉《うれ》しくなって、ニコニコ笑顔になりました。

そんな私を見ながら、彼女は呆れたように笑います。

彼女は自分のこと、物語の悪役ヒロインだと言ってました。

本来の役目、主人公をイジメたり困らせて、魔王に手を貸してもっと困らせて、最後は裏切られて殺されてしまうそうです。

私はそれを聞いて、そんなひどい役目は絶対に嫌だと思いました。

スレイヤさんもそう思って、そうならないように特訓したみたいです。だから彼女は、学園の中でも飛びぬけて強い。

私は浅学《せんがく》で、難しいことはわからないけど、彼女が凄い努力をしたことは感じます。

そういう努力家なところも凄いと思いました。

私も彼女を見習わないといけません。なんたって私は、彼女が大好きだった物語の主人公、らしいので。

彼女のお友達として隣を歩いていられるように、彼女に呆れられてしまわないように、毎日しっかり勉強しています。

昼休みになると、私たちは中庭に行きます。そこには先客がいて、私たちに気づいて手を振《ふ》ってきました。

「やっと来たね、スレイヤと、ついでにフレアも」

「ついでじゃありません。ベルさんのほうが余計だと思います」

「ひどいな、相変わらず」

「今のはあなたが悪いでしょ」

「お前は俺の味方をしてほしかったな」

「贔屓《ひいき》はしないわよ」

この人はベルフィスト・クローネさん、私たちより一つ上級生です。一応先輩《せんぱい》で、スレイヤさんの協力者さん……だけど、私は苦手です。

なんだか顔が……性格が？

表現が難しいけど、危険な感じがします。どうやら彼《かれ》は、物語の中ではラスボスと呼ばれているそうです。

つまり、主人公とは敵同士。だからきっと、精神的に距離があるのでしょう。

「そういえば、さっきセイカに釘《くぎ》を刺《さ》されたよ」

「へぇ、どこに？　背中？」

「物理的じゃない。言葉のほう」

「そう……」

「ちょっとガッカリしないでくれる？」

「ふふっ」

スレイヤさんも、よくベルさんをからかって遊んでいます。やっていることは私と同じ……けど、なんだかちょっとモヤッとすることがあります。

なぜかは自分でもわかりません。

スレイヤさんと一緒にいる時間は楽しくて、知らないことばかりだけど、毎日が刺激的《しげきてき》で、とても幸せな気持ちになります。

彼女が物語の中でどんな結末を迎えてしまったのか……それを知っているからかもしれません。物語の中のスレイヤ・レイバーンという人は、とても酷《ひど》い人だったようです。自己中心的で、自分が一番可愛《かわい》くて、人を見下すような性格だった……と、スレイヤさんが教えてくれました。

それを聞いた私は、今のスレイヤさんとはまったく別人なんだなと、改めて実感したんです。

私が知っているスレイヤさんは、誰よりも努力家で、いつだって誰かのことを考えて悩《なや》んでいます。

自分のためにしていることだと、彼女は言うけれど、彼女が選んだ道の先では、みんなが笑顔になっていました。

ライオネスさんは、お父さんの気持ちを知ったことで、自分が何のために強くなるのかを考えるようになりました。

メイゲンさんは、ライオネスさんの隣に立つために、一番の友達でいるために、これからも頑張《がんば》るそうです。

ビリー君も亡《な》くなった両親の本心を知ったことで、贖罪《しょくざい》のためではなく、自分のために魔《ま》法《ほう》を学ぶと言っていました。

アルマさんは、なんだかスレイヤさんのことが本当に好きになってしまったらしくて、スレイヤさんは困っています。でも、とても活《い》き活きとしていました。

セイカ先輩のことは、正直私にはよくわかりません。ベルさんとぶつかり合って、どこか吹っ切れたように見えました。

私は物語の中で、彼らの誰かと恋《こい》をして、共に問題を解決して、平和のために魔王と戦う運命を背負っていたそうです。

もしもスレイヤさんが、物語の登場人物のように意地悪な人だったら、本当にそうなっていたのかもしれません。

だけど、私が知っているスレイヤさんは、今ここにいる彼女だけです。

私たちはお友達になりました。だからもう、この世界の主人公は、私じゃなくなったのだと思います。

「スレイヤさん！」

「ん？　なに！」

「私はいつでも、スレイヤさんの味方ですよ！」

「……急にどうしたの？」

「別に、なんだか言いたい気分になりました」

私のお友達は凄い人です。それを、もっと知ってもらいたいと思います。だけど……このままでもいいかなと、思う自分がいるわけで……よくわかりません。

「変な子ね」

「変人だな」

「それはベルさんだけです」

「そうね」

「二人して酷いな」

スレイヤさんは私のことを主人公だと言ってくれました。

私は、そうじゃないと思っています。物語の中ではそうだったのかもしれないけれど、今この世界の主人公は、みんなの中心にいるのは――

スレイヤさん、あなただって……。

気づいていますか？

# 第三章

ベルフィストとセイカ、二人の男がぶつかり合い、和解する。

その様子をスレイヤとフレアは離れたところで見守っていた。この戦いに割《わ》り込むのは無粋だと、そう感じさせる戦いだった。

これは男同士の、友人同士の時間である。

ライオネスとメイゲンの関係に似ているが、彼らともまた違《ちが》う。秘《ひ》めていた思いも、歩んできた道のりも、過ごした時間も。

しかし彼らが、友人であるという点は変わらない。

この戦いをきっかけに、彼らもまた、本当の意味で友になれたのだろうか。

そんな二人の戦いを見守る視線は、彼女たちだけではなかった。

もう一つ、スレイヤたちも気づかない……不気味な視線が存在していた。

「く、ふふふ……」

暗闇《くらやみ》に映し出される魔法の映像。

戦いを経て向かい合う二人の男を見ながら、かの老人は不敵な笑み《え》を浮《う》かべていた。

それは喜びの笑みである。ただし、彼らの関係を想《おも》ってのものではない。

「ふふふ、ふはははははははははははっ！」

彼は豪快《ごうかい》に笑った。

深夜に、部屋中に響《ひび》き渡《わた》るほど大きな声で。それほどまでに歓喜《かんき》することが、映像の光景にはあったのだ。

「そうか。やはり、そっちだったのだな」

笑みを堪《こら》えて顔に手を当てながら、改めて映像を覗《のぞ》き込む。

暗い部屋で彼らを観察していたのは、ルノワール学園のトップであり、セイカの祖父、ウリエ・ルノワールであった。

孫であるセイカのことが心配で観察していた？

否、彼にそんな感情はない。セイカのことは完璧《かんぺき》になれなかった失敗作の実験体としか思っていない。

彼にとって他人は道具であり、肉親すらも、自らの探求心を満たすために作り出した実験体でしかなかった。

学園長がそういう人間でなければ、セイカ・ルノワールが心の隙間《すきま》を作ることはなかっただろう。

彼が人生に迷っていたのは、学園長の施《ほどこ》した教育に問題があったからである。

そう、彼が見ているのはセイカではない。

彼が興味を示したのは、セイカと向かい合う友人。

なんてことはない。ただの一般《いっぱん》人にしか見えなかった男が、セイカと互角《ごかく》に魔法戦を繰《く》り広げた。

それだけでも驚異的《きょういてき》だが、学園長が歓喜したのはそれではなく、彼の正体にある。

「魔王《まおう》サタン……ようやく見つけた」

ベルフィストの中に宿る魔王、サタンの存在に歓喜していた。

学園長は長く、魔王サタンの所在を探していた。自らの理想、完璧な生命体を作り出すために、必要なパーツの一つとして。

「ベルフィスト・クローネ……クローネか」

学園長は、ぼそりつ呟《つぶや》く。

「懐《なつ》かしい名だ」

◇◇◇

五人の勇者たちの心の隙間を埋《う》めることで、彼らに宿っていた魔王の力の一部をすべて回収すること。

それが魔王サタンの依代、ベルフィストと私が交《か》わした契約《けいやく》だった。

彼と婚約《こんやく》し、彼に生涯《しょうがい》をかけて守ってもらうために、魔王サタンの復活の手伝いをする。

矛盾《むじゅん》しているようだけど、悲しい結末を回避《かいひ》するためには、一番確実で効率的な手段だと思っている。

そうして今、私はその役目を終えた。

五人の勇者たちが抱《かか》える問題、葛藤《かっとう》、心の隙間を満たすことで、そこにはまり込んでいた魔王の力は、あるべき場所へと戻《もど》った。

ようやく終わったと思った。

でも……。

「話が違うわね」

「仕方ないだろ？　俺も予想していなかった」

「ベルさんは嘘つきです！」

「まったくだわ」

終わりにはならなかった。

ベルフィスト曰《いわ》く、切り分けられた力の一部は他にもあるらしい。

五人の勇者を攻略《こうりゃく》すれば、全ての力が回収できると言っていたはずなのだけど？

「俺もそう思っていた。気配は間違《まちが》いなく、俺の近くにある。だけど明確な場所まではわからない」

「そういえば、気づいたのも私の記憶《きおく》を見たおかげだったわね」

改めて思い出す。彼が力の在《あ》り処《か》に気づいたのは、私との戦闘《せんとう》後に、私の中にある物語の記憶を覗き込んだ後だった。

それ以前から、魔王の力は彼らの心の隙間に入り込んでいたはずだ。

ベルフィストは続けて語る。

「心の隙間に入り込んだ力は、当人の魂《たましい》と結びついてしまっている。強引《ごういん》に剥《は》がすことは俺にも不可能だ。気配もぼやけている。今の俺にわかることは、変わらず残りの力も、この学園に関係する誰かが持っている、ということだ」

「そこまでわかるなら自分で見つけてくださいよ！」

「それができたら苦労しない。とっくに見つけている」

「役立たずさんですね」

「っ……今回に限っては、反論もできないな」

珍《めず》しくベルフィストがフレアの毒舌《どくぜつ》に屈《くっ》していた。

「力の大半は回収できた。おかげで魔王としての能力の大部分は戻っている。それが逆に感覚を鈍《にぶ》らせているみたいだ」

「自分の力が大きすぎて、残っている力の一部の気配が薄《うす》れているというの？　マヌケな話ね」

「まったくその通りだ。いや、困ったな」

彼としても予想外だったのは間違いなさそうだ。ただ、これで振り出しに戻ってしまったというわけでもない。

五人の勇者を攻略したことで、彼らから力を回収できたことは事実だ。

「探すしかないわね」

「そうだな。宿っていた対象を考えるなら、俺たちと関係性のある人間に、残る力も潜《ひそ》んでいると予想しているんだけど……」

「そうね」

力の一部は勇者たちに宿っていた。これが偶然《ぐうぜん》だとは思いにくい。本来ならば魔王と対《たい》峙《じ》し、世界を救う勇者たちに彼の力が宿っていたとしたら……。

私とベルフィストは、同時に彼女を見つめた。

「え？　私ですか？」

本の物語の主人公、聖女フレアがここにいる。

勇者たちが宿していたなら、彼女がもっとも可能性としては高い。ただ、予想通りなら彼女ではない。

私はベルフィストに視線を向け、彼の意見に耳を傾《かたむ》ける。

「……やっぱり違うな。彼女じゃない」

「そうよね」

「え、あの、私なんですか？　私じゃないんですか？」

フレアは困惑《こんわく》しながらキョロキョロと、私とベルフィストを交互《こうご》に見ていた。私たちの視線とやり取りが、彼女を混乱させてしまったようだ。

私はベルフィストの代わりに、結論だけ彼女に伝える。

「これまでの傾向《けいこう》通りなら、フレアが持っている可能性が一番高いと思ったのよ。彼らは勇者で、あなたは主人公でしょ？」

「あ、そうでした！　本の中だと私が主役なんですよね」

そう言いながら、なんだか照れくさそうに笑うフレアに、私も呆れて笑う。

「でも、あなたじゃない。なぜならあなたには、聖なる力が宿っているから」

「聖なる力……」

「その力は、魔王にとっても有害だ。人間にとっての猛毒《もうどく》と言ってもいい」

「も、猛毒!? 私の身体ってそんなに汚《きたな》いんですか!?」

「悪魔《あくま》にとっては、よ」

人間の視点から見れば、彼女ほど清らかな乙女《おとめ》は存在しないのだけど、彼女にはその自覚がないらしい。

自分の魅力《みりょく》に無頓着《むとんちゃく》なところは、主人公のフレアらしい。

彼女の肉体には聖女の力、すなわち悪魔にとって猛毒である聖なる力が宿っている。

祈《いの》り、願いによって強さを増すその力の正体は、人々の内にある願いから生み出される力だと、最終決戦で明かされた。

それ故に、人間であれば誰《だれ》でもその力を宿している。しかし聖女のように表に出すことはできず、知覚して操《あやつ》ることもできない。

力そのものも聖女に比べたら微々《びび》たる程度でしかなく、だからこそ勇者たちの心の隙間には、魔王の力も入り込《こ》むことができた。

しかし、聖女フレアに宿る聖なる力は別格だ。

彼女の中に魔王の力が入ろうとすれば、確実に拒絶《きょぜつ》されるか、その時点で聖なる力に負けてしまう。

仮にフレアに心の隙間があったとしても、彼女に魔王の力は宿らない。

「そうなんですか……」

フレアはちょっぴり残念そうな表情を見せる。

「ごめんなさい」

「どうして謝《あやま》るのよ」

「だって、私が最後の一人だったたら、スレイヤさんも探す手間が省けるし、簡単じゃないですか」

そんな理由で落ち込んでいたのか。自分が最後の一人になれば、私の役に立てると思っているらしい。

この子はどこまでも……他人の幸福を真剣《しんけん》に考えてくれているのね。

「ありがとう。その気持ちだけで十分嬉しいわ」

「スレイヤさん……」

「それに、あなたの心に隙間があるとは思えないから、やっぱり違うわね」

「そうかもしれませんね！　私、自分で言うのは恥《は》ずかしいですけど、あんまり物事を深く考えないんです！　だから毎日が楽しいですし、今も幸せですよ！」

「お気楽な奴《やつ》だな」

「いいじゃないですか！　楽しいほうがいいに決まってます！」

ベルフィストは呆れたようにため息をこぼし、フレアはプンプン怒《おこ》りながら、太陽の光が差し込むように眩《まぶ》しく微笑《ほほえ》む。

やっぱり彼女ではないと、私たちは再確認《かくにん》する。

こんなにも前向きで、人生の一秒一秒を全力で楽しんでいるような人間は、心の隙間も自分で埋めてしまえるのだろう。

その明るさを羨ましく思う反面、真似《まね》できないなとも思った。

私がスレイヤ・レイバーンに生まれ変わったのも必然だろう。私じゃ、フレアのようなキャラクターを演じることはできなかったから。

「そろそろ昼休みも終わりだな」

「そうね。話の続きはまた今度でいいかしら？」

「ああ。俺のほうでも考えておく。そっちも頼《たの》んだぞ」

「ええ」

ベルフィストが先に中庭から去っていく。

「ベルさん、セイカ先輩とはちゃんと話せているんでしょうか」

「さぁ？　それは二人の問題よ」

「……そうですね」

彼らの関係がこの先どうなるか。それはもう、私たちが関与《かんよ》すべきことじゃない。彼自身が選び、進む道だ。

私とフレアは彼を見送ってから、少し遅《おく》れて中庭を後にした。

◇◇◇

放課後になり、生徒たちが帰宅していく。

私とフレアもその流れの中にいた。

「また明日です！　スレイヤさん！」

「ええ、また」

フレアは元気いっぱいに手を振りながら、駆《か》け足で帰っていく。夕日よりも眩しい笑顔《えがお》を見ていると、明日が待ち遠しく思える。

結局、今日は大した収穫《しゅうかく》を得られなかった。

残る力の一部が誰に宿っているのか。私なりに考えてみたけれど、有力な候補は思い浮かばなかった。

フレアの前では毅然《きぜん》とした態度を崩《くず》さなかったけど、少しだけ不安になる。

このまま見つからなかったら、魔王サタンは私への評価を変えるだろうか。もしそうなったら……。

「帰らないのかな？」

「――――！」

ふと声をかけられ、少し慌《あわ》てて振り返る。

「セイカ・ルノワール……」

「やぁ、難しい顔をしているね？　スレイヤ・レイバーン」

意外だった。私一人の時に彼から声をかけてきたのは、これで二回目だ。

ベルフィストとの戦いで心の隙間を埋めた彼とは、もうあまり関わることはないと思っていたのだけど。

「少し時間はあるかい？　君と話がしたいんだ」

「……ええ」

私たちは場所を移した。移動した先は、私たちがよく利用している中庭だった。

「ここで普段《ふだん》から、ベルフィストと一緒《いっしょ》に悪だくみをしていたわけか」

「悪だくみなんてしていないわ。とてもいいことよ」

「……確かに、私が予想していたようなことではなかったね」

彼は立ち止まり、振り返って微笑む。

これまでの訝《いぶか》しむような、警戒《けいかい》する視線ではなくなっていることに気づく。

「まだ私たちを監視するの？」

「それが私の役割だからね。君たちが悪さをしないか見張っておかないと」

「それじゃ学園長のいいなりのままね」

「違うよ。私はもう、盲目的《もうもくてき》にお祖父様《じいさま》に従うだけじゃない」

彼は木を背もたれにして大きく深呼吸をする。全身で自然を感じるように、生きている実感を得るように。

「ベルフィストと戦って、いろいろと吹《ふ》っ切れたよ。自分でやりたいことを見つけて、自由に生きるのも悪くないと思えた」

「なら、そうすればいいじゃない」

「そうしているよ。ここで君と話していることも、これから君たちを監視し続けることも、全部自分で考えて決めた。私なりの選択《せんたく》だ」

「学園長に従うことが？」

「ただ従っているわけじゃないってことだよ。少なくとも私はもう、お祖父様の研究を手伝う気はないからね。あれは私がやりたいことじゃない」

セイカはキッパリと否定した。これまで信じていたものを、人生の大半を捧《ささ》げた対象を、あっさりと切り捨てた。

自身の心、思いと向き合うことで出した答えなのだろうけど、いささか淡泊《たんぱく》な解答だとも思った。

そんな私の心を読み取るように、セイカは微笑みながら言う。

「これでも悩んだよ。私にとってお祖父様に認められることは、何より重要なことだった。それを……今さら捨てることが、本当に正しいのかとね」

「……」

私たちにはわからない葛藤が、彼の心にはあった。

優秀《ゆうしゅう》な才能、知性に恵《めぐ》まれ、多くを手にしている彼だけど、最も見てほしい人には愛想《あいそ》をつかされてしまった。

共に同じ道を歩みながら感じる孤独《こどく》は計り知れず、己《おのれ》の視界を曇《くも》らせる。それはまるで、他人のための人生を、惰性《だせい》で歩いているかのように。

「でも、これでいいと思った。今はスッキリしているよ」

「そう、よかったわね」

「あっさりしているね。君にも感謝はしているんだよ」

「私は何もしていないわ。あなたを変えたのは私じゃなくて、ベルフィストよ」

「ああ、そうだな」

セイカは目を瞑る。きっと瞼《まぶた》の裏側で、あの日の戦いを、彼の言葉を思い返しているに違いない。

彼は目を開き、私に尋《たず》ねてくる。

「ベルフィストは……あいつは、本当に魔王なのか？」

「事実よ」

「キッパリ言うんだね」

「誤魔化《ごまか》してほしかったのかしら？」

「……いいや」

セイカは空を見上げる。すでに夕日は西の空に沈《しず》んで、うっすらと明るい夜空が顔を出していた。

「一つ、聞いてもいいかしら？」

「何かな？」

「ベルフィストのこと、学園長には伝えたのかしら？」

「いいや、お祖父様には伝えていないよ」

「……どうして？」

「言っただろう？　私はもう、お祖父様の研究に付き合う気はない。魔王サタンを探していたのは、お祖父様の研究に必要だと聞いていたからだよ」

その言葉を聞いて、少しだけホッとする。

彼が学園長に伝えていたら、今後もっと面倒《めんどう》なことになっていただろう。セイカ・ルノワールの心の隙間は埋まった。

彼の心の問題は一先《ひとま》ず片付いたけど、彼を取り巻く環境《かんきょう》が変わったわけじゃない。

学園の裏側に潜む闇《やみ》もそのままだ。

「あれだけ派手に破壊《はかい》して、気づかないものかしら」

「あそこはお祖父様が管理する施設《しせつ》の一つに過ぎない。一つや二つ潰《つぶ》したところで、研究に支障はないよ」

「そうでしょうね」

学園長の研究は、学園長本人を止めない限り終わらない。いくら施設を破壊しても、邪《じゃ》魔《ま》をしても、彼が諦《あきら》めない限りは続く。

物語の中でもそうだった。だからこそ、学園長は行くところまで行って、二度と帰らぬ人となった。

学園長は決して悪人じゃない。世界を滅《ほろ》ぼしたいわけでも、人の不幸を望んでいるわけでもない。

彼はただ、自分の欲求を満たすことに迷いがないだけだ。

完璧な生命体を作り出す。その目的を果たすためなら、それ以外の全てを捨てることも厭《いと》わないという精神が、世界を窮《きゅう》地《ち》に追い込んだ。

そんな彼を救う方法があるとすれば、完璧な生命などくだらないと、彼の前で証明することだけだろう。

「お祖父様のことだ。私が伏《ふ》せていてもいずれ気づくとは思うけどね」

「……面倒な人ね」

「……スレイヤ・レイバーン。君は、このままでいいと思うかい？」

「どういう意味かしら？」

セイカは真剣な表情で私を見つめていた。彼と視線を合わせながら、彼の言葉に耳を傾ける。

「ベルフィストのことだ。いや、魔王のこと、というべきか」

「そういうことね」

彼が言いたいのは、このままベルフィストの中にいる魔王を放置してもいいのか、という当たり前の疑問だった。

友人として彼のことが心配なのだろう。同時に、学園を守護する者として、危険な存在を放置はできないという正義感か。

「魔王サタンに、人間と敵対する意思はないわ」

「そう言っていたが、実際はわからないじゃないか」

「たぶん本心よ」

「どうしてそう言えるんだい？」

「私が……魔王サタンの力を知っているからよ」

この場所で、私はベルフィストと、魔王サタンと戦ったことがある。激しい戦闘の末、決着はつかなかった。

魔王を倒《たお》せるくらい強くなった私だけど、確実に勝てるという保証はない。何より、あの時の彼は不完全な状態だった。

力の一部を回収した今、確実に当時の彼よりも強くなっているはずだ。

私だって強くなっているから同じだけど、もう一度戦えばどうなるか……正直、私にもわからない。

確実に言えるのは、彼が本気になれば、王都なんて一瞬《いっしゅん》で更地《さらち》にできてしまうということだけだ。

「今もこの街が無事でいるのがいい証拠《しょうこ》よ」

「それは……別の目的があるからじゃないのか？　破壊できない理由があるとか」

「そうね。あるんでしょう」

残る力を回収すること、そして……自分に相応《ふさわ》しい伴侶《はんりょ》を見つけることだ。

少なくとも、その二つの目的が達成されるまで、もしくは彼が諦めてしまわない限り、人類の脅威《きょうい》となることはない。

「安心して。いざとなったら私が止めるわ」

「……君が？」

「ええ」

「魔王に勝てるっていうのかい？」

「さぁ、どうでしょうね」

私は不敵な笑みを浮かべ、彼に背を向けて歩き出す。

「話は終わりね？　もう遅《おそ》いから帰らせてもらうわ」

「――待った。最後に一つだけ聞きたい」

「何かしら？」

「――君は誰だい？」

彼は問いかける。私は振り返り、当たり前のことを口にする。

「スレイヤ・レイバーンよ」

「本当にそうかい？」

「何が言いたいの？」

「君のことは調べさせてもらったよ。レイバーン家について、君が生まれてからの動向についてもね」

「……」

私が知らない間に調べていた？

そういえば、先日騎士《きし》が私の屋敷《やしき》を訪《おとず》れて、お父様たちにいろいろと質問をしたらしいわね。

思い返せばあれも、私の素性《すじょう》を探《さぐ》るためにセイカが向かわせた使いだったのだろう。

「まるでストーカーね」

「女性のプライベートを覗こうとしたことは謝るよ。けど、おかげでわかった。君は普通《ふつう》じゃないんだよ」

「見ての通り、どこにでもいるただの貴族令嬢《れいじょう》よ？」

「本気で言っているのかい？　悪魔すらほぼ単独で撃退《げきたい》する魔法の実力に、魔王サタンのことも知っていた。フレア、彼女《かのじょ》のように特別な力を宿している……というわけでもない。私は君を知った時、もしかしたら君が魔王サタンなのかもしれないと思ったよ」

「私が魔王？　酷い誤解だわ」

「ああ、君じゃなかったね」

セイカはため息をこぼし、続ける。

「だからこそ異常なんだ。君の強さと、その精神は」

「……私は私よ。それ以上でも以下でもないわ」

「……」

「聞きたいことは終わりね？　もう行くわ」

私は彼に背を向け、再び歩き始める。今度は呼び止められなかった。納得《なっとく》したわけじゃないだろう。

これ以上尋ねても、望んだ答えは返ってこないと悟《さと》ったに違いない。

私の正体を知るということは、彼《かれ》が自身の物語を知るということだ。それは、この世界では失われてしまった可能性。

今さら知る必要はないし、それぞれが自分の道を歩み出した今、邪魔になるだけだろう。

真実を知るのは、私と彼女たちだけで十分だ。

「一応、ベルフィストにも釘《くぎ》を刺《さ》しておこうかしら」

勝手にペラペラとしゃべられたら、私の気《き》遣《づか》いが台なしになるわ。

◇◇◇

コトン、コトン。

深夜の学園に足音が響き、彼は扉《とびら》の前にたどり着いた。

魔法による封印《ふういん》はすでに解除されている。何の苦労もなく、彼は扉を開けて地下へと続く階段を下った。

階段には明かりが灯《とも》っている。

そして、たどり着いた先で、一人の老人が待ち構えていた。

「ようこそ、待っておったぞ」

「お前か？　俺《おれ》のことを呼び出したのは」

「その通りだ。会えて光栄だよ。ベルフィスト君……いいや、魔王サタン」

破壊された地下の研究室に一人でやってきたベルフィストは、この場所の主である学園長と対峙する。

「……ウリエ・ルノワール……セイカの祖父」

「セイカと仲良くしてくれているようだな。礼を言わせてもらおう」

「はっ！　心にもないことを口にするな。セイカのこと、散々放置していた奴がよく言えるな」

「放置していたわけではない。ただ、興味がなくなっただけだ」

「それが……」

セイカの心を惑《まど》わせ、苦しめていたことを、ウリエ・ルノワールは気づいてすらいない。

「怒《おこ》っているのか？　セイカのことで？」

「友人だからな」

「……どうやら、復活は不完全のようだな」

「何だと？」

「魔王が人間と友人になる？　そんなことがあるはずもなし……人の身体に宿ってしまっ

て、情でも湧《わ》いたかな？」

「生憎《あいにく》だが、今の俺は魔王サタンであり、ベルフィストでもある。単純じゃないんだよ」

ベルフィストは強気な笑みを浮かべ、ウリエ・ルノワールを挑発《ちょうはつ》する。訝しむように見つめるウリエは、小さくため息をこぼす。

「なるほど……そうなっていたか」

「理解したか？　俺はお前の味方じゃない」

ベルフィストはスレイヤから、セイカルートの内容を聞いている。否、彼女の脳内を読み取った時に、その情報も手に入れていた。

セイカルートでウリエは、自身の目的を果たすため、魔王サタンに復活の手助けをすることと協力を提案した。

それに魔王サタンが了承《りょうしょう》したことで、一時的に協力関係を築く。だが、実際はどちらも互《たが》いの思惑《おもわく》のために動いていたにすぎない。

魔王の復活を手助けしたものの、ウリエは目的を達成することなく命を落としている。

それを知っているからこそ、ウリエの目的が、自身に取り入り研究材料にすることだと見抜《みぬ》いていた。

だが、彼には誤算があった。

「悲しいなぁ。今の君を見て、ディーンとベロニカはどう思うだろうか」

「ディーン……？　ベロニカ？　誰だそれは？」

「おや？　忘れてしまったのかな？　自分の両親の名前を」

「――――！」

その事実を、秘密を、彼らは知らない。

スレイヤの記憶にも、ベルフィストの記憶にもない情報を、ウリエ・ルノワールは握《にぎ》っている。

なぜならその事実は、物語の中でも明かされなかった……ベルフィストの過去と大きく関係していた。

「知らなかったかな？　私と君の両親は旧友なのだよ」

「……どういう……」

「同じ道を歩んだ友であり、夢を私に託《たく》してこの世を去った。まさか、忘れてしまったわけじゃないだろう？　君の両親を殺したのは――」

彼の言葉をきっかけに、ベルフィストの記憶が解放される。

これまで押《お》し殺してきた感情の波と共に、忘れてしまいたい過去が露出《ろしゅつ》する。

◆◆◆

ベルフィスト・クローネ。彼の両親は魔法《まほう》の研究者だった。

優《すぐ》れた研究者は数々の発明や研究結果で社会に貢献《こうけん》し、名を残す。しかし、二人は少々変わり者だった。

天才的な頭脳を持っていたが故に、自身が興味を示す対象にしか取り組まない。

彼らの悲願は、魔法の深淵《しんえん》にたどり着くことだった。

それは魔法使いなら誰もが一度は憧《あこが》れ、目指そうとする頂だ。しかし彼らは、魔法使いとしてその場所を目指したのではない。

人類の、世界の神秘を追い求める研究者として、誰も到達《とうたつ》していない頂に興味を持った。

そうして研究を進めるうちに、彼らは一つの結論にたどり着く。

「人間では不可能だ」

「ええ、人類には深淵にたどり着く力はないわ」

人間の肉体、才能には限界があった。

どれほど修練を重ねようとも、非常識と思えるほどの才能があろうとも、人間である以上そこへはたどり着けない。

人間には越《こ》えられない壁《かべ》があることを彼らは悟った。ならば、人間以外ならばどうだろうか?

そう、例えば……魔王ならば。

「ディーン・クローネとベロニカ・クローネだな?」

「あなたは確か……」

「ルノワールの学園長ね」

「ご名答。二人にぜひ、協力してほしい研究がある」

魔王についての研究を始めた二人の前に、ある日突然《とつぜん》ルノワール学園のトップ、ウリエ・ルノワールが尋ねてきた。

目的は単純、自身の研究に協力しないかという誘《さそ》いだった。

彼らは目指す場所こそ違《ちが》ったが、魔王を研究対象としているという一点で交わり、協力体制を築くこととなる。

ウリエは完璧《かんぺき》な生命体を作るため、クローネ夫妻は魔法の深淵へとたどり着くため、魔王の研究を続ける。

そうして彼らは突《つ》き止《と》めた。

いずれ魔王《まおう》が復活する可能性があることを。それは遠い未来ではなく、近い将来であることを。

「何とかして、私たちの力で魔王を復活させることはできないかしら？」

「下手に刺激《しげき》して、人類を滅ぼされても困る。抑止《よくし》は必要だ」

「ならばどうか？　魔王の魂を人間の器に入れ込むというのは？」

彼らがたどり着いた結論は、人間という脆弱《ぜいじゃく》な肉体に魔王の魂を復活させることで、その膨大《ぼうだい》過ぎる力を抑《おさ》え込み、制御《せいぎょ》下に置こうというものだった。

人類の未来などに興味はない彼らだが、魔王に暴れられて研究が続けられなくなっては意味がない。

彼らは魔法復活の方法を考え、そのための器の準備に取り掛《か》かった。

新しく肉体を作り出すことは難しい。ゴーレム作成にも取り掛かったが、魔王の魂を降ろすには不完全だった。

研究の過程で、彼らは多くの命を犠牲《ぎせい》にした。

孤児《こじ》を集めて実験台にしたり、動物たちと配合させて、まったく新しい種族を作り出す実験も試みた。

「これじゃダメだ」

「もっと……もっとよ」

目的のためなら手段は選ばない。クローネ夫妻も、ウリエ学園長も同じ考えだった。

だが、クローネ夫妻は学園長より純粋《じゅんすい》だった。

非道な行いを続け、幾度《いくど》となく失敗し、多くの命を犠牲にする。そんな日々を送る中で、彼らの心は疲弊《ひへい》し、壊《こわ》れていった。

そうして、いつしか周りも見えなくなってしまった。

彼らはいつの日か、自身の愛すべき息子《むすこ》のことすら、気にかけなくなった。

そう、そこが学園長との決定的な差だ。彼らは研究以外で唯一《ゆいいつ》、息子のベルフィストのことだけは、真剣に育て、愛していた。

愛情を注がれて育ったベルフィストはすくすくと成長し、十歳《さい》になる頃《ころ》だった。

彼は両親の手伝いができるようにと、独自に魔法の勉強や特訓をしていた。両親はベルフィストには自由に生きてほしいと願っていたから、直接道を示すことはなかった。

子は親の背中を見て育つものだ。

両親がおかしくなり始め、彼も不安を抱《かか》えるようになる。そんなある日、事件が起こってしまう。

研究に行き詰《づ》まった両親は、新たな依代を作るための実験体として、あろうことかベルフィストを連れ出した。

彼らはもう、研究を重ねることで心が壊れていた。

ベルフィストは抵抗《ていこう》した。正気に戻《もど》ってほしいと叫《さけ》んだ。だけど、両親は激高し、ベルフィストに敵意を向けた。

殺されそうになってしまった彼は、咄嗟《とっさ》に魔法を使った。

彼は魔法使いとしては未熟だった。覚えたばかりの魔法は制御がきかず、感情のままに発動して、研究室を燃やし尽《つ》くした。

目を開けた時、彼の目の前にあったのは、動かなくなった両親の身体だった。

「お父さん……？　お母……さん？　嘘《うそ》……嘘だ。嫌《いや》……ああああああああああああああああ」

この手で両親を殺してしまった。

目を背《そむ》けたくても現実が彼の心を蝕《むしば》む。どれだけ名前を呼んでも、身体を揺《ゆ》さぶっても、流れる血は止まらない。

絶望の中で泣き叫び、彼の心を満たしていた両親の愛情が零《こぼ》れてしまう。空っぽになった心で、彼は呟《つぶや》く。

「俺なんて……いらない」

（そうか？　ならば余が貰《もら》ってやろう）

そうして彼は、魔王サタンの魂《たましい》と出会った。

空っぽになった心の大きな隙間《すきま》に、魔王サタンの魂は呼び寄せられた。彼自身知る由もないが、彼には才能があったのだ。

魔王と近い波長を持ち、魔王サタンの依代となっても、心と肉体の崩壊《ほうかい》が起こらない特異体質だった。

空っぽだったベルフィストの心は、魔王サタンの魂によって満たされていく。元となったベルフィストの人格に、サタンの人格が結合し、まったく新しい人格を形成する。

かくして彼は、生まれ変わった。

◆◆◆

「俺が……父さんと母さんを……」

「思い出したようだな？」

ベルフィストは忘れたかった。両親を殺してしまった悲しき過去を。故に記《き》憶《おく》を封印し、忘れていた。

記憶の中には存在していても、思い出さないように逃《に》げていた。そんな真実が今、彼の脳裏《のうり》によみがえる。

この時彼は、魔王サタンの人格よりも、ベルフィストの人格のほうが優位になった。

激しい絶望によって。

「う、ああ、ああああああ……」

「君は不完全だ。それ故に、私が入り込む隙《すき》がある」

「――!?」

いつの間にか近づき、彼の胸にウリエ学園長が右手をかざす。

「何を……」

「その身体、私が頂こう」

「――!」

直後、胸に触《ふ》れていた学園長が静かに倒れた。

静寂《せいじゃく》が支配する中、彼は不敵な笑《え》みを浮《う》かべる。

「くく……はっははははははははははははっ！　ついに、ついに手に入れた！　魔王サタンの力を！」

彼は歓喜《かんき》する。ベルフィストの肉体で、高らかに笑う。だが、彼はもう、ベルフィストでも、魔王サタンでもない。

今、この身体を支配しているのは……。

「これでやっと、私の悲願に大きく前進する」

ウリエ・ルノワールが開発した精神干渉魔法《かんしょうまほう》は、他人の身体に自身の魂を流《なが》し込《こ》み、支配することができる。

支配するための条件は、対象の精神が限りなく弱り、生きることに絶望していること。

奇《く》しくもこの時、ベルフィストの人格が色濃《いろこ》く表れたことにより、条件は満たされてしまった。

魔王サタンの強い魂ではなく、ベルフィストの弱りきった魂を対象に、彼は魔法を発動し、乗っ取った。

「さて、まずは……危険因子を取り除くとしよう」

# 第四章

久しぶりに悪夢を見た。

スレイヤ・レイバーンとして魔王に殺される。最悪の運命を回避《かいひ》できず、無残な死を遂《と》げる未来の姿を……。

「最悪だわ」

気分が悪い。嫌な夢を見た後で、憂鬱《ゆううつ》な気持ちになりながら、私はいつも通り学園へと向かった。

「おはようございます！　スレイヤさん」

「……おはよう」

「どうしたんですか？　元気がありませんね」

「ちょっと嫌な夢を見たのよ。大丈夫《だいじょうぶ》、身体は元気よ」

心配してくれるフレアと一緒に、今日も午前中の講義を受けた。いつも通りの日々、平《へい》穏《おん》な時間だった。

あれはただの夢なのだと、この日々が私に教えてくれている。

昼休みになり、私たちはいつもの場所へ足を運ぶ。

「あれ？　珍《めずら》しいですね。ベルさんがいません」

「そうね。初めてじゃないかしら？」

いつもは私たちより先に来ている彼が、今日は姿を見せていない。サボり癖《ぐせ》のある彼のことだから、また講義をサボって昼寝《ひるね》でもしているのだと思ったのに。

セイカに注意されて、しぶしぶ講義に参加したのだろうか。

「先に食べちゃいますか？」

「……少し待ちましょう」

「わかりました」

風が木々を揺らし、穏《おだ》やかな音を鳴らす。

「スレイヤさん、ベルさんと結婚《けっこん》するんですよね」

「そうなるわね」

「……実際、どう思っているんですか？　ベルさんのこと」

「それは……」

好きかという問いに、私は一度も答えたことがなかった。

彼の妻になるという選択は、私の未来で安全を手に入れるために必要な工程だ。それ以上の意味はない。

と、自分に問いかけている。

本当にそれだけなのか。私は彼を……。

「あ、ベルさん」

「――遅かったわね」

待っていた私たちの前にベルフィストが姿を見せる。しかし、なんだか様子が変だ。いつもと雰囲気《ふんいき》が違うことに気づく。

「ベルさん？」

「ベル？」

「聖女フレア、まずは君からだ」

「え？」

直後、火花が散る。

魔法で強化された抜き手《ぬきて》を、私の結界による防壁《ぼうへき》が受け止めた。彼の指先が向いているのは、フレアだった。

彼は今、フレアに本気で攻撃《こうげき》をしかけた。

「え、え……？」

「どういうつもり？　ベル」

「やはり君は邪魔をするのか。スレイヤ・レイバーン……いいや、その肉体を手に入れた転生者か」

「――！」

　私たちは距離《きょり》を取る。

　木々の間を抜ける風が、私たちの髪《かみ》をなびかせる。見た目も、声も、私たちが知っている彼のものだ。だけど、私たちは直感する。

「あなたは……」

「ベルさんじゃ……ない？」

　彼はニヤリと笑みを浮かべる。この雰囲気……何度か感じたことがある。ベルフィストではなく、もう一つの人格が色濃く表れた時に……。

「……あなたは誰《だれ》？」

　その問いに、彼は答える。

　赤い瞳に、どす黒い魔力《まりょく》を纏《まと》いながら。

「私は――魔王サタンだ」

◆◆◆

スレイヤ・レイバーン。この物語の主要人物であり、私が転生したキャラクター。

本来の役割は、主人公フレアと敵対して、彼女の存在を際立《きわだ》たせる引き立て役だった。

私はそんな役割こりごりだ。せっかく転生できたのに、悲惨《ひさん》な最期を迎《むか》えたくない。

だから――

強くなろうと思った。ラスボスに唆《そその》かされ、裏切られて殺される。

そんな結末しか用意されていないのだとしたら、私がラスボスを倒せるくらい強くなればいい。

強くなって、私の邪魔をする人たちを薙《な》ぎ払《はら》おう。劇的なエンディングなんて求めていない。

私はただ、平凡《へいぼん》ではなくとも、ちょっぴり刺激的《しげきてき》な日々を送れたらそれでいいんだ。

「お父様！　魔法のお勉強がしたいです！」

「ん？　魔法の？　構わないが急にどうしたんだい？」

「将来は立派な魔法使いになりたいんです！」

「おお！　もう将来のことまで……スレイヤは立派だな。よし、必要なものは用意してあげよう」

「ありがとうございます！」

親バカな両親のおかげで、特訓に必要なものは用意できた。

有名な魔法使いが講師に来てくれたこともある。けど、それじゃ足りない。私が超えなきゃいけないのは魔王……この世界のラスボスだ。

一般的《いっぱんてき》な強さでは満足できない。

私はこっそり夜中に出かけて、魔物《まもの》と一人戦ったりして実戦経験を積んだ。

そんな日々を過ごして――

私は学園に入学した。

予想通りにいかないことのほうが多かった。けれど、鍛《きた》え上げた魔法使いとしての腕《うで》は役に立っている。


「なるほどな。それであれだけ戦えたんだね」

「ええ、あなたを倒せるように修行《しゅぎょう》したわ」

「ははっ、怖《こわ》い怖い。実際凄《すご》かったよ。俺……というか俺と混ざり合った魔王サタンも驚いてた。これほど戦える人間がいるのかってね」

「そう？　驚《おどろ》かせたのなら十分ね」

そうは言いつつ、私は満足していなかった。

魔王の依代ベルフィスト、彼との戦いはギリギリだった。奥《おく》の手を使うことを迫《せま》られるくらいに。

「次は勝てるように修行しておくわ」

「もう必要ないだろ？」

「わからないじゃない。いつかあなたが裏切るかもしれないわ」

「信用ないなぁ、俺は」

「当然でしょう？　あなたは魔王……私を殺すかもしれない敵よ」

もちろん、今はそれだけじゃないのだけど。

「だったらまぁ、その時が来ないことを祈《いの》るばかりだな」

「魔王が何に祈るのよ」

「それもそうか。うーん、じゃあ、君に期待しておくことにするよ」

「私に？」

何を期待するの？

そんな疑問の答えはすぐにわかった。

「そう。君は俺の嫁《よめ》に相応しい。この先もそうあってくれることを期待する」

「上から目線ね」

「魔王だからな」

ここまで話して、私たちはクスリと笑う。いずれ戦うかもしれないと話しながら、お互いに本気にしていない。

この先も……こんな時間が続くような……予感がする。

◆◆◆

どうして、このタイミングで思い出したのだろうか。いつの日か、ベルフィストと交《か》わした会話を……何気ない日常を。

少なくとも、あの日の彼の言葉には、魔王サタンとベルフィスト、二人の感情が宿っていたと、私は思っている。

今の彼とは明確に……違う。

「どうしちゃったんですか！　ベルさん！」

「言っただろう？　聖女フレア、私はベルフィストではない。魔王サタンとして完全な復活を果たしたのだ」

「そんな……」

「――嘘ね」

私は口に出す。

希望的観測ではなく、確かな自信と明確な考えを胸に。

「スレイヤさん？」

「なぜそう言える？　スレイヤ・レイバーン」

「愚問《ぐもん》ね。私を誰だと思っているの？　私の記憶を覗《のぞ》き込んだあなたなら知っているんでしょう？」

「……」

声も、顔も、ベルフィストの肉体で、あふれ出る魔力は魔王サタンが扱《あつか》う漆黒《しっこく》に染まっている。

ベルフィストの人格、これまで私たちが関わってきた彼とは違う。そこは間違《まちが》いなさそうだ。だけど、魔王サタンではない。

しゃべり方が、雰囲気が、自分をどう称《しょう》しているか……。

私はよく知っている。復活した魔王サタンを。

「魔王サタンの一人称《いちにんしょう》は私じゃなくて、『余』よ。少し勉強が足りなかったんじゃないかしら？」

「――！　く、くく、はははははははははは！」

彼は高らかに笑い出す。一瞬呆気《いっしゅんあっけ》にとられたような顔をしていた。私の指摘《してき》は図星だったに違いない。

やはりここにいる彼はベルフィストでも、魔王サタンでもない。

「ふふ、そんなことか？　なるほど、確かに私の勉強不足だったな」

「スレイヤさん、この人は……？」

「ベルじゃない。サタンでもないわ。でも……」

間違いなく、あの身体はベルフィストのものだ。

仮に変身や幻惑《げんわく》の魔法で偽装《ぎそう》していたとしても、あふれ出る魔力とその気配までは誤魔化《ごまか》すことができない。

魔王サタンだからこそ生み出し、操《あやつ》れる漆黒の魔力。呼吸することすら難しい重たくひりついた空気が漂《ただよ》う。

「お見事だ。確かに私は、君が知っている魔王サタンではない」

「なら……」

「誰かわかるかな？　この私が誰なのか？」

「……」

そういう問答に興味はないけれど、今この状況《じょうきょう》では好都合だ。

「正解したら何かプレゼントはあるのかしら？」

「それは正解してからのお楽しみにしよう」

「そう」

さて、彼は誰だ？

ここまで引っ張るのだから、ベルフィストやサタンが悪戯《いたずら》をしかけている、なんてくだらない理由ではない。

そもそも彼らが、本気でフレアを殺そうとするとは思えない。さっきの一撃《いちげき》、あれは彼女を傷つけることに躊躇《ちゅうちょ》がなかった。

私が止めていなければ、死ななかったとしても大けがをしていたはずだ。

変身ではなく、本人だとするなら……。

「学園長、ウリエ・ルノワール」

「――くく、聡《さと》い子だ」

彼は静かに、不敵な笑みを浮かべて私を見つめる。

予想通り、今の彼は……。

「え、ええ⁉　こ、この人が学園長さんなんですか⁉」

「落ち着きなさい。身体はベルものよ」

「え、どういうことですか？」

「……乗っ取られたのでしょうね」

セイカとの会話を思い返す。

彼は学園長にベルフィストのことを報告していなかった。けれど、いずれバレることだとも言っていた。

もうとっくに知られていたのだろう。ベルフィストの中に、魔王サタンの魂が宿っていることを。

学園長の目的のためには、魔王サタンの存在が不可欠だ。

利用するために、私たちが知らない間にベルフィストと接触《せっしょく》したということか。

理由や目的はわかる。わからないのは方法だ。

人間の肉体だとしても、ベルフィストは魔王サタンの魂を宿している。無警戒《むけいかい》で接触したとは思えない。

そんな彼を、魔王サタンの魂すら押しのけて乗っ取る方法があるというの？

いいや、方法はあったのだと考えるべきだ。現に今、私の目の前にいるのは、あの肉体の主導権を奪《うば》った学園長なのだから。

「その身体を使って何を企《たくら》んでいるのかしら？」

「言わずとも知っているはずだよ。転生者、スレイヤ・レイバーン」

「私のことも把握《はあく》済みね」

「もちろんだとも。君は実に面白《おもしろ》いサンプルだ」

彼はニヤリと笑みを浮かべる。彼の視線から感じるのは敵意や悪意ではなく、興味だった。その視線が気持ち悪くて、思わず声に出る。

「完璧な生命体、そんなものに私は興味ないわよ」

「知っているよ。実に残念なことだが、今さら同志は必要ない。必要なのは有意義な情報とサンプルだ」

「魔王サタンだけじゃ足りないなんて、贅沢《ぜいたく》な悩《なや》みね」

「くく、私も最初はこの身体だけで十分だと思っていたよ。けれど考えが変わった。この身体を手にした時に知った事実。この世界の真実……君が語る物語の世界で、魔王を退けた存在がいることをね」

ベルフィストの肉体を乗っ取ったことで、彼《かれ》の脳に宿っていた記憶も、学園長に共有されてしまっているらしい。

つまり、私が知っている物語の全容と、私たちがこれまで歩んできた道のり、何を目指していたのかも、すべて知られてしまったということだ。

本当に何をしてくれているのよ、魔王サタン、ベルフィストも。こんなにもあっさり乗っ取られるなんて、魔王の名が聞いて呆《あき》れるわ。

「それで、どうすればその身体から出て行ってくれるのかしら？」

「不可能だ」

「一度入ったのなら出られるはずよ」

「否、君では私を止められないということだ」

「そう？　随分《ずいぶん》と甘《あま》く見られたものね」

ようやく準備は整った。

悠長《ゆうちょう》に会話を続けてくれたおかげで、私はいくつも罠《わな》を張ることができた。私は手を叩《たた》き、乗っ取られたベルフィストの足元に魔《ま》法陣《ほうじん》を展開する。

「油断したわね」

「……」

私は複合魔法を彼の足元にしかけていた。複合魔法は強力かつ広範囲《こうはんい》に威力《いりょく》が拡散する。隣《となり》にはフレアがいるし、隔離《かくり》結界を張る余裕《よゆう》もなかった。

効果範囲《はんい》を限定するのに時間がかかったけど、その時間は彼が作ってくれたから問題ない。

魔王サタンの依代となっている肉体だ。

多少乱暴に扱っても、死ぬことはないだろうと予測する。それでも一応、ちょっぴり手加減はしてあげるわ。

あとで文句を言われるのは嫌だもの。

「あなたを追い出す方法なら、ゆっくり考えるわ。あなたを倒《たお》してからね」

「――甘いな」

「――!?」

魔法陣が発動前に破壊《はかい》され、砕《くだ》けた結晶《けっしょう》のように破片《はへん》が舞《ま》い散る。

発動前の魔法なら、魔法陣に異物を差し込むことで発動を阻害《そがい》し、魔法陣そのものを破壊することができる。

そんなことは知っている。だから私は対策として、魔法陣そのものに結界を張り、外部からの干渉《かんしょう》を阻害していた。

一瞬《いっしゅん》で結界を破壊して、そのまま魔法陣を壊すなんて……。

「さすがに魔王ね」

漆黒の魔力がうごめく。魔王だけに許された御業《みわざ》、魔力そのものを具現化し、自由自在に操ることができる。

結界は破壊したのではなく、自らの魔力で取り込み無効化したのか。せっかく時間をかけて準備したのに、こうもあっさり破壊されるなんて、少しショックね。

「私相手に手加減をするなんて、中々肝《きも》が据《す》わっている。さすが、人生二周目というところかな？」

「……確かに甘かったわね」

相手は魔王サタンの力を宿している。しかも人格は学園長のもので、私たちに対して仲間意識なんて欠片《かけら》もない。

明確に敵となった魔王サタンの肉体を前に、余計な手加減は不必要だった。

「下がっていて、フレア」

「戦うんですか？　ベルさんと……」

「他に道はなさそうよ」

「でも……」

気持ちはわかる。優《やさ》しい彼女《かのじょ》が、本気で戦う私たちを見たくない気持ちは……。

私だって本当は、こんな形で戦いたくはなかった。

「安心するといい。抵抗しないのであれば、手荒《てあら》なことはしない」

「え？」

「スレイヤ・レイバーン、それに聖女フレア。君たちは貴重なサンプル個体だ」

「わ、私も⁉」

フレアが驚く。ベルフィストの顔で、学園長は優しく微笑《ほほえ》みながら続ける。

「もちろんだとも。この世界に聖女と呼べる存在は、現在君一人だけだ」

「その割に、さっきは本気で殺そうとしているように見えたけど？」

「瀕死《ひんし》に追い込んで回収したほうが手早いと考えた。殺すつもりは最初からなかったよ。君もだ。スレイヤ・レイバーン」

「私は聖女じゃないわ。勇者でもない」

「知っている。だからこそ興味深い。ただの人間でありながら、人はそこまで強くなれるものなのか。君は間違いなく人類の到達点《とうたつてん》に近い」

会話をしながら次の手を考える。

新たに魔法陣を展開しようとして、それを察知した学園長に破壊される。

フレアは気づいていない様子だけど、会話の中で私と学園長は、目に見えない攻防《こうぼう》を繰《く》り広げていた。

面白いくらいに上手《うま》くいかない。私の手が、作戦が全て読まれているようだ。

ベルフィストの記憶から、私の行動パターンを解析《かいせき》されてしまったのかもしれない。

「私にとって生物は全てサンプルだ。その中でも優先順位がある。君たちは私の中でも、とても興味深い存在なのだよ」

「褒《ほ》めてもらえて嬉《うれ》しいわ。けど、さっきも言ったでしょう？　私はあなたの目的に微塵《みじん》も興味がないわ。ね？　フレア」

「はい！　私もさっぱりです！」

フレアの場合は興味がないというより、話を理解できていないという感じか。そういうところもフレアらしい。

こんな状況ですら、彼女の言葉や反応が場を和《なご》ませる。

「話はよくわかりませんけど、ベルさんを返してください！　その人は……一応大切な仲間ですから！」

「一応、ね」

「私はどっちでもいいんです。でも、スレイヤさんにとっては大事な人……ですよね？」

「──そうね」

フレアは少し複雑な表情で、悔《くや》しそうにつぶやいた。

彼には私の未来を守ってもらうという約束がある。悲しき運命を乗り越《こ》えて、幸せに一生を終えるために……。

ベルフィストの存在は不可欠だ。

「力ずくで取り返してあげるわ」

「不可能だ」

私は背後に無数の魔法陣を展開する。

対する学園長も真似《まね》るように、私と同じ魔法陣を背後に展開した。放たれるのは炎《ほのお》の大《たい》砲《ほう》だ。

私は赤い炎の玉を、学園長は紫色《むらさきいろ》の炎の玉を無数に生成し、一斉《いっせい》に放つ。

互角《ごかく》の威力は相殺《そうさい》される。爆発《ばくはつ》による熱風で、周囲の木々が大きく揺れ、根の弱い木は倒れてしまう。

私たちが立っていた中庭の周辺だけ、木々がなくなり殺風景になった。

「悪くない攻撃だった」

「……」

わざと同じ魔法《まほう》、同じ威力、同じ速度で攻撃を放ち、相殺した。

学園長は遊んでいる。魔王《まおう》サタンの力を、新しい肉体を手に入れたことで、その力を楽しんでいる。

油断している今なら、付け入る隙もあるはずだ。

「思考を巡《めぐ》らせているようだが、無駄《むだ》なことだよ」

「……」

「私がその気になれば、君たちは一瞬で塵《ちり》となる」

「そうかしら？　だったら随分とのんびり屋さんなのね」

さっきの魔法の衝突《しょうとつ》は、激しい轟音《ごうおん》と余波を周囲に広げた。

必然、学園内にいる人間にも伝わる。警備を担当していた騎士《きし》や魔法使《まほうつか》いたちも慌《あわ》ただしく動き出しているはずだ。

そして、彼らはいち早く異変に気づいただろう。

警備している大人たちよりも早く、彼らの中に眠《ねむ》る勇者の因子が、魔王の存在を感知する。私たちの、フレアのピンチを察知する。

「スレイヤ！」

「さっきの音！　何があったの⁉」

「これは……どういう状況だ？」

ライオネス、メイゲン、ビリーが最初に私たちのもとへ駆《か》けつける。それに少しだけ遅《おく》れて、アルマが彼らの後ろから近づく。

「ただ事じゃなさそうだね。そっちの彼は確か……」

「ベルフィスト」

最後の一人、セイカ・ルノワールが姿を見せる。

常に冷静な彼がいつになく焦《あせ》り、変わってしまった友のことを睨《にら》む。

「お前は誰だ？　ベルフィストじゃないな」

「よく気づいたな、セイカ。褒めてあげよう」

「……」

「だが、半分だ。私が誰なのかを当てられないとは、親不孝ものめ」

「――！　まさか……お祖父様《じいさま》なのか？」

セイカは気づき、驚愕《きょうがく》する。

彼は祖父が何を追い求めているのかを知っている。それ故に、勇者の中で唯一《ゆいいつ》、ベルフィストが誰に操られているのかを悟《さと》った。

焦りで額から汗《あせ》が流れ落ちている。

彼は視線を私に向けた。真偽《しんぎ》を確かめるように。

「事実よ。今のあれはベルじゃないわ。ベルの肉体……魔王サタンの依代を乗っ取った学園長よ」

「……」

「おい、何の話だ？　魔王だと？」

ライオネスが反応する。

そうだ。この場で魔王のことを知っているのは、勇者の中だとセイカだけだった。他の勇者たちは真実を知らない。

困惑《こんわく》の表情を浮かべる彼らに、学園長は不敵な笑みを浮かべる。

「七対一……少々面倒《めんどう》になってきたな」

「――！」

「消えたよ？」

学園長が私たちの前から姿を消す。メイゲンが驚きキョロキョロと周囲を見回す。

どこかへ移動したようだ。転移の術式を使用した痕跡《こんせき》がある。

状況が不利だと感じて逃げたのか。不完全な覚醒《かくせい》とはいえ、彼らは勇者因子を持ち、聖女フレアと共に魔王と戦った戦士だ。

ベルフィストの記憶《きおく》から、学園長はその事実を知っている。

警戒《けいかい》して距離をとったのだとすれば、彼が次に起こす行動は――

「仰《あお》ぎ見よ！」

「――上ね」

声は頭上から聞こえていた。しかし肉眼では確認《かくにん》できない。

おそらく人間の肉体では到達《とうたつ》できないほどの上空に転移し、私たちを……否、世界を見下ろしている。

その声は私たちだけではなく、世界中の人間に届いていた。

◇◇◇

「な、なんだこの声？」

「どこから聞こえるんだ！」

「上だ！　上から聞こえるぞ！」

人々は直感的に恐怖《きょうふ》を感じ取っていた。声を聞いただけで身の毛がよだつ。まだたった一言しか発していないのに、人々は理解していた。

これから逃《に》げられない恐怖が待っているということを。

◇◇◇

「私の名はサタン！　魔王サタンである！」

「スレイヤさん！」

「ダメね。一瞬で多重に結界を張られてしまったわ。転移は届かない。飛んで行っても……おそらく間に合わない」

それに……直感だけど、この場を離《はな》れるべきではないと感じていた。

私たちは彼の宣言に耳を傾《かたむ》ける。

「世界に散らばる同胞《どうほう》たちよ、喜べ！　私は復活を果たした」

その言葉は人々に向けたものではなく、世界に存在する悪魔《あくま》へのメッセージ。もちろんそれだけじゃないはずだ。

わざわざ全世界に向けて声を発しているのは……。

「これより私は、世界を手に入れる。すべてはこの手に――」

「……！」

快晴だった空が黒く染まっていく。

雲ではないことは明白、広がっているのは魔力だ。ライオネスたちが空を見上げ、ごくりと息を呑《の》む。

「おい、なんだあれ？」

「雲……違《ちが》う。魔力の塊《かたまり》みたいなものかな？」

「ありえない。魔力そのものを具現化しているというのか？　そんなことが……？」

「あれが魔王の……」

「……スレイヤ・レイバーン、この状況」

「ええ、まずいわね」

さすが、セイカは気づいたらしい。学園長が魔力を解放し、空を覆《おお》いつくそうとしている意味を。

あれはただの魔力ではない。彼は今、自分の領域を広げている。大規模かつ強大な魔法を行使するために。

「人間たちよ、幸運に感謝するといい。お前たちのことは、これから私が管理してやろう」

「全員近くに集まりなさい！」

「スレイヤさん？」

「フレア！　あなたの力でこの場を結界で覆いなさい！　聖なる力を持つあなたならできるはずよ！」

「は、はい！　頑張《がんば》ります」

学園長が広げた魔力の膜《まく》、あれはキャンバスだ。特大の魔法陣を描《えが》き、発動するために必要な――

「人類よ。永遠に眠れ」

天から鈍《にぶ》い光が降り注ぐ。その光に触《ふ》れた生物は石となる。建物や魔法による防御《ぼうぎょ》すらいともたやすく貫通《かんつう》する大魔法だ。

本来なら、抵抗《ていこう》する術《すべ》はなかった。

「守ります！」

彼女が持つ聖女としての力、輝《かがや》きが私たちを覆い、邪悪《じゃあく》な光から守ってくれる。聖なる力は魔王にも効果がある。

あらゆる防壁を突破《とっぱ》する光も、聖なる力の壁《かべ》までは突破できない。

ただし……。

「っ……」

限度はある。彼女はまだ未熟だ。聖女として、完全に力をコントロールできていない。

物語の中では、あらゆる危険や印象的な出来事をきっかけに、彼女は聖女として成長し、その力を完全に開花させた。

今の彼女は、私によって主人公の枠《わく》から外れてしまっている。

これも私が進んだ道のりの代償《だいしょう》だ。ならば、私が手を貸すべきだろう。リスクを冒《おか》してでも、彼女たちを守りぬく。

一度は成功させた大魔法だ。二度目だって成功させてみせる。

複合魔法——

「リヒトヴェール」

魔法による聖なる力の再現。

元魔王軍の幹部ルベルとの戦闘《せんとう》で初披露《はつひろう》した私のとっておきの魔法だ。この魔法は、魔王サタンを倒すために考案した。

扱いが非常に難しく、失敗すれば力の暴走で自分自身が崩壊《ほうかい》するリスクがある。

一度成功させたことで感覚を掴《つか》むことができた。加えて今は、隣に本物の聖女がいてくれる。

模倣《もほう》すべき対象が近くにいることで、一度目以上の精度で魔法を発動することができた。

彼女の祈りと私の魔法、二つの聖なる力を重ねて、強靭《きょうじん》な結界を形成する。

が、それでも……。

「スレイヤさん……」

「わかっているわ。これは……長くはもたないわね」

以前に私と戦った時よりも、明らかに魔法の出力が違う。勇者たちから力の一部を回収し、完全な復活に近づいた影響《えいきょう》だろう。

これまで自分がやってきたことが、今の自分の首を絞《し》めていると思うと、何をやっているのだという気分になる。

仕方ないわね。

もう一つの、隠《かく》していた奥の手を使わせてもらうわ。

「全員私に触れなさい！　飛ぶわ！」

「飛ぶ？」

「どこに行く気だ？　逃げ場があるのか？」

「ないわ。世界の全てが魔王の射程圏内《しゃていけんない》よ」

ライオネスの質問をバッサリと私は切り捨てた。

この光は今、世界中に降り注いでいる絶望だ。世界のどこへ逃げたところで、魔王の掌《てのひら》の上からは逃《のが》れられない。

ならば話は簡単だ。世界のどこにも逃げ場がないなら……。

「別の空間に逃げればいいだけよ」

私は手を叩く。直後、結界ごと私たちが消失したことを、学園長は察知した。

「――！　気配が消えた……？」

彼の感知範囲は、今は世界全域に届くほどである。

その感知能力をもってしても、私たちの姿を捉《とら》えることはできない。なぜなら、私たちはもうこの世界にはいないから。

「……ふっ、やはり面白いサンプルだ。世界を渡《わた》りし魂《たましい》、スレイヤ・レイバーン」

◇◇◇

「ここはどこだ？」

「小さな小屋があるよ。どこかの村……？　でも……」

ライオネスとメイゲンが周囲を見渡《みわた》す。どこか田舎《いなか》の小さな村のような光景。しかし周囲の景色は、奇妙《きみよう》な灰色に覆われている。

ビリーが呟《つぶや》く。

「魔法で異空間を作り出したのか？」

「正解よ。さすが天才ね」

「……こんな芸当ができる時点で、どちらが天才か明白だと思うけどね」

ビリーは私のことを訝《いぶか》しむように見つめる。彼だけは、直接私が問題解決に携《たずさ》わったわけじゃないから、警戒されるのも無理はない。

アルマが私に尋《たず》ねる。

「ここはスレイヤが作った空間なのか？」

「そうよ。ここなら学園長の攻撃《こうげき》も届かないわ」

「……どれくらいだ？」

セイカが難しい表情で私に尋ねてきた。彼はいち早く気づいたらしい。これが一時的な避難《ひなん》でしかないことに。

「一時間よ。それが、この空間を維持《いじ》できる私の限界」

「一時間……か。それまでに対策を考えなければならないということだね？」

「ええ」

「その前に教えてはもらえないかな？　どうしてベルフィストが、お祖父様に乗っ取られてしまったのか。それから……」

「わかっているわ」

五人の勇者たちの視線が、私に集まっていた。

彼らは疑問を抱《いだ》いているはずだ。いいや、これまでにも多くの疑問を抱《かか》えていた。しかし聞かずにいてくれた。

それも、ここまでのようだ。

「ちゃんと話すわ。彼のことも……私のことも」

もういいだろう。こんな状況になってしまったのは、私が物語を歪《ゆが》めてしまったことが原因だから。

ちゃんと話して伝えるべき時が来た。私が何者で、彼らが誰《だれ》で、この世界が……どんな結末を迎《むか》えるべきだったのか。

時間にして十分ほどの話だった。

私は、自分のことや物語の結末、彼らの役割について語り聞かせた。彼らは静かに、黙《だま》って聞いてくれた。

「信じられないかもしれないわ。でも——」

「いや、信じたぜ」

「——！」

最初にそう言ってくれたのはライオネスだった。彼は腰《こし》に手を当て、納得《なっとく》したような表情で私を見ている。

「ボクもだよ」

「俺《おれ》も……なんとなくは感じていた」

「僕《ぼく》も納得した。君が急に変わったのも、別人になったからだったんだね」

「なるほど、だからベルフィストとも行動を共にしていた……。君が持つ異常な力も、前世の知識から鍛《きた》え上げた結果というわけか」

「……」

こうもあっさり信じてもらえると調子が乱れる。フレアの時と似ている。彼女も、私の話をすぐに信じてくれた。

私はフレアと視線を合わせる。彼女は明るく、嬉しそうに微笑んだ。その笑顔《えがお》を見ていると、私はまるで許されたような気持ちになる。

私は、彼らの人生に大きな影響を与《あた》えた。

本来彼らが進むべきだった道を、私が生きるために狂《くる》わせた。彼らからすれば、いい迷《めい》惑《わく》だったはずだ。

真実を知れば恨《うら》まれるかもしれないと、内心少し怖かった。

それなのに、彼らは……。

「どうしてそんな顔ができるの？」

「そんなの、感謝してるからに決まってるだろ？」

「うん。ボクたちはスレイヤさんのおかげで、大切なことを思い出せたからね」

「ライオネス、メイゲン……」

二人はちっとも、私のことを恨んではいない。

ビリーが私の前に立つ。

「あの占《うらな》い師《し》、お前だったんだな？」

「ええ、そうよ」

「夢を見せてくれたのも？」

「そうよ」

「――ありがとう」

ビリーは清々《すがすが》しい笑顔で私に感謝の言葉を口にする。少し驚《おどろ》いた私に、ビリーは続けて安堵《あんど》したように言う。

「ようやく言えた。ずっと感謝を伝えたかったんだ」

「ビリー……」

「君はスレイヤじゃないんだね？」

「アルマ……ええ、別人よ。少なくとも、あなたが知っていたスレイヤ・レイバーンじゃないわ」

この中で一番、元のスレイヤと関わりが深かったのはアルマだ。彼だけは、他の面々よりも私を恨む理由がある。でも、そうじゃないと表情を見ればすぐわかった。

「そうか……でも、やっぱり君はスレイヤだ。別人だとしても、今ここにいる君もスレイヤ・レイバーンだと僕は思うよ」

「……」

「これまでの積み重ねが、信頼《しんらい》に繋《つな》がっている」

そう、セイカが言う。

「君はこれまで、私たちを救っていた。恨みや怒《いか》りを感じることなんて、一つもないということだよ」

「私は……私のためにしてきただけよ」

「それでいいんだよ。誰だって、自分の人生を歩んでいるんだ。私たち全員に幸せになる権利がある。もちろん、君にも」

「そうですよ！　スレイヤさんは優しい人です！　私が一番よく知っています！」

フレアの明るい笑顔が眩《まぶ》しくて、直視していられない。

まったく、この物語の主人公と勇者たちは、どこまでもお人好《ひとよ》しで、どこまでも眩しい。

私が憧《あこが》れた……大好きだった彼らを彷彿《ほうふつ》とさせる。

「幸せになる権利は誰にでもある……ね。だったら、彼にもあるのよね？」

「ああ、ベルフィストにも」

「みんなでベルさんを取り戻《もど》しましょう！　それで文句を言うんです！　迷惑をかけたならちゃんと謝《あやま》ってもらいましょう！」

「ふふっ、そうね」

物語の中で、スレイヤ・レイバーンはいつだって一人だった。

仲間はいない。友人と呼べる存在もない。彼女は高飛車で、常に誰かを見下していたけれど、心の奥底《おくそこ》では孤独《こどく》を感じていた。

彼女に必要だったのは、地位や権力、婚約者《こんやくしゃ》ではない。

一人でもいいから、理解者と呼べる存在がいれば、破滅《はめつ》の道を歩むこともなかったかもしれない。

今、こうして仲間たちに囲まれて、つくづく思う。

これまで歩んできた道のりは、私が選んできた道は……間違《まちが》っていない。だからきっと、この選択《せんたく》も――

◇◇◇

世界中の人間は石化してしまった。

市民も、貴族も、騎士も、魔法使いでさえも、誰も抗《あらが》うことができずに鉱物と化す。

ただし死んでしまったわけではない。彼らは石化した状態で生きている。生かされている。なぜなら、彼らはサンプルだからだ。

「魔王様はなぜ人間を殺さないのだ？」

「わからない。きっと何かお考えがあるのだろう」

魔王の声明によって集められた悪魔たちが、王城近辺を護衛している。魔王は今、空になっていた玉座に座《すわ》っている。

彼は待ち構えていた。いずれ聖女と勇者たちが、自身を倒すために姿を見せる。

それは宿命であり、逃れられない運命だ。わざわざ手を尽《つ》くして探す必要すらない。

待っていれば、その時はやってくる。

「さぁ、抗ってみせてくれ。貴重なデータが手に入る」

彼の目的は変わらない。魔王になって世界を支配すること？

否、そんなことに興味はない。

彼の興味は常に、完璧《かんぺき》な生命体という空想に向けられているのだから。魔王の力も、全世界の人々の命も、全ては目的のための道具でしかない。

そう、集まった悪魔たちは知らない。

彼らを呼び寄せた魔王の声が、言葉が、偽物《にせもの》であるということを。

「――来たか」


「予想通りだったな。あれだけ強力な魔法だ。いくら魔王でも、永遠に続けられるわけがねーってことか」

「そうだね。でも油断しちゃダメだよ？　ライオネス」

「誰に言ってやがる」

「二人は仲良しですね！」

「誰かさんのおかげでな」

「うん。ボクたちに今があるのも、スレイヤさんのおかげだよ」

ライオネスが炎を、メイゲンが風を操《あやつ》る。二人の魔法によって発生した炎の竜巻《たつまき》が、悪魔たちを吹《ふ》き飛ばす。

「な、なんだ⁉　どういうことだ！」

「生き残りがいやがったのか！」

「騒《さわ》がしいな」

臨戦態勢をとる悪魔たち、その足が地面にめり込《こ》んでいく。

「な……」

「大人しくしてもらうよ」

ビリーが持つ勇者の素質、無機物へ魔力《まりょく》を流《なが》し込み操る能力によって、悪魔たちを固定した。

その頃《ころ》、快晴だった空が曇《くも》り始める。ゴロゴロと雷鳴《らいめい》が轟《とどろ》く。

「落ちろ」

「ぐあああああああああああああ」

動けない悪魔たちに、突如《とつじょ》として降り注いだ雷撃《らいげき》が直撃《ちょくげき》する。

アルマ・グレイプニル、彼が有する勇者の素質は天候操作。彼はどこにでも雷雲《らいうん》を呼び寄せ、雷《かみなり》を降らせることができる。

そして雷雲が空を覆うということは、雨が降るということでもある。

周囲に湿気《しっけ》が満ちる。

「クソッもう一人いやがるぞ！　殺せ！」

悪魔たちが一斉に、無防備に歩くセイカに襲《おそ》い掛《か》かる。複数の刃《やいば》が、魔法がセイカの身体を貫《つらぬ》いた。

「ケケッ、ざまぁみ……え？」

「痛いじゃないか」

「なっ、馬鹿な！　なんで死なねぇ！」

「それはね？　今の私が水だからだよ」

動揺《どうよう》する悪魔たちを、水の刃で貫いていく。セイカが持つ才能は、自身を完全な水へと変質させる秘術だった。

人間の身体を構成するのはほとんど水だ。残りの水ではない部分を、魔法によって水に変換《へんかん》する。

そうすることで彼《かれ》は自身の肉体を水へと変化させ、あらゆる攻撃を無効化する。

「な、何なんだこいつらは……」

「魔王様に報告を！」

「させるかよ！」

ライオネスが逃げる悪魔を追撃《ついげき》する。

攻《せ》め込んだはずの彼らが、いつの間にか城を守るように陣取《じんど》っていた。

彼らは悪魔たちを圧倒《あっとう》している。

物語通りの道順を進んでいない今の彼らは、悪魔と戦えるだけの実力がない。しかし、彼らの中には特別な力が眠っている。

かつて、否、物語の中では使いこなした力だ。

もしもその力を完全に理解し、行使することができれば、実力不足を補うことが可能となる。その可能性を引き出したのは、スレイヤの知識である。

彼女が彼らに、未来の可能性を伝えた。

彼らがどうやって強くなり、その力をどうやって振《ふ》るっていたのか。加えて、彼らには聖女がついている。

聖女フレアの祈《いの》りが、彼らの力を何倍にも増幅《ぞうふく》させていた。

「絶対に、助けるんです！　スレイヤさんの邪魔《じゃま》はさせませんよ！」

聖なる力は祈りの力。強き想《おも》いこそが原動力となる。大切な友人を救うため、決して通さないという強き意思が、勇者たちに流れ込む。

すべては彼女を、魔王の前に立たせるために。

◇◇◇

「ありがとう。みんな」

「驚いたな。一人でここに来るか」

外にいる悪魔たちは、フレアと勇者たちに任せた。私には私の役割がある。物語の中の登場人物に、それぞれの役割があるように。

今、私がやるべきことは……。

「あなたを止めるわ」

「不可能だと言ったはずだ」

「やってみないとわからないわよ」

突破口《とっぱこう》はある。やることはこれまでと同じだ。

魔王サタンは言っていた。力には意思が宿る。魔王の力は心の隙間《すきま》に吸い寄せられて、勇者の中に眠っていた。

なら、魔王自身はどうなのだろう？

その力の根源である魔王の魂は、何の意味もなくベルフィストに宿ったとは考えにくい。

彼の心にも、勇者たちよりも大きな穴が空いている。その穴に吸い寄せられるように、魔王サタンの魂が宿ったのだとしたら？

心の穴を、学園長に利用されているとすれば……。

「リヒトレイン」

魔法によって生成した聖なる光が学園長を襲う。魔王を倒《たお》すために私が考案した最高の魔法を一撃《いちげき》目から放つ。

「いきなりそれか！」

「手加減はしないわ」

手段を考える。戦いながら。

「素晴《すば》らしい！　魔法で聖なる力を生成する！　素晴らしい発想だ！　だが、まだ青い！」

聖なる光を漆黒《しっこく》の魔力が防御する。私の攻撃は漆黒の魔力に阻《はば》まれてしまい、学園長までは届かない。

「もっと魅《み》せてくれないか？　人類の可能性を！　有意義なデータを！」

「……」

見つけ出すんだ。

この戦いの中で、ベルフィストが抱えている悩《なや》みを、心の隙間を。

私は持てる力の全てを集結させ、学園長と死闘《しとう》を演じる。一瞬《いっしゅん》も気を抜《ぬ》けない攻防《こうぼう》が続き、わずか数秒の戦闘で疲労《ひろう》が蓄積《ちくせき》される。

「ふぅ……」

ダメだ。全くわからない。

物語の中でも、ベルフィストの素性《すじょう》や魔王との関係性については、最後まで詳細《しょうさい》が明かされなかった。

魔王サタンの内心と同じくらい、ベルフィストが何を想い、何を考えて行動していたのか、私にもわからない。

このままじゃ……。

(なら、余が教えてやろう)

「え？」

声が脳内に響《ひび》く。直後、私の意識は闇《やみ》へと吸《す》い込まれた。

◇◇◇

死んでしまったのかと、一瞬不安になる。けれど、真っ暗な世界の中で、私以外にもう一人の存在を知覚し、ホッとする。

「ここは精神世界。余とお前の意識が作り出した幻影《げんえい》だ」

「……あなたは……」

姿はベルフィストだ。学園長が幻惑《げんわく》の魔法を使った？

そんな気配はなかった。それに……余？

「まさか、魔王サタン？」

「その通りだ。さすが、余の伴侶《はんりょ》となる女」

魔王サタンの魂、ベルフィストと混ざっていない純粋《じゅんすい》な人格が、私に語り掛けてくる。

「教えてくれるって、ベルフィストのこと、あなたは知っているのね」

「当然だ。余と奴《やつ》は混ざり合っていた。この肉体に宿った記憶は共有されている」

「……どういうつもり？」

ずっと疑問だったことがある。

魔王サタンをどうやって、学園長は抑《おさ》え込むことができているのか。

仮にも魔王の魂を、人間の魂が完全に抑え込むなんてできるのか。その答えは、魔王自身が抵抗していなかったからだ。

「学園長に乗っ取られたのはわざとね？」

「さぁ、どうかな？」

「惚《とぼ》けないで。こんなことができるのよ？　完全に支配されているなら、意識も沈《しず》められているはずでしょ？」

「そう怒《おこ》るな。お前の敵になったわけではない。だからこうして、ヒントをやろうと言っている」

私は警戒する。魔王《まおう》サタンの真意は、未《いま》だよくわからない。ただハッキリしているのは、彼がその気になれば、肉体を取り戻すことなど容易なのだということ。

「……ヒントじゃなくて、あなたが取り返せば解決じゃない」

「それでは意味がない。これは、人同士の争いだ。余が手を下さずとも、お前たちだけで解決できる。それくらいはやってもらわなければ、余の伴侶としては不足だ」

「そういうこと？　また試練ってやつなの？」

魔王サタンはニヤリと笑《え》みを浮《う》かべる。

ルベルとの戦闘でも、彼は傍観《ぼうかん》を決め込んだ。私の力を試《ため》すためと言い、一切《いっさい》の手出しをしなかった。

今回もあの時と同じつもりなのか。

「余はお前に期待している。お前ならば、余と同じことができるだろう？」

「期待……ねえ。私は所詮《しょせん》人間よ？」

人間と悪魔、どちらが優《すぐ》れた生物かなんて、考えるまでもない。強靭な肉体に、長い寿《じゅ》命《みょう》、そして圧倒的《あっとうてき》な魔力を持つ悪魔と人間が比較《ひかく》になるものか。

ましてや私は、聖女でも勇者でもない。

「だからこそ、お前に期待する」

「……？」

「余は知っている。人間がいかに惰弱《だじゃく》で、愚《おろ》かであることを。余に限らず、悪魔一人にすら遠く及《およ》ばぬ癖《くせ》に、なぜ滅《ほろ》びん？　なぜ余に打ち勝った？　なぜそこまで弱き存在が、満ち足りたように生を謳歌《おうか》できるのか」

「その答えが、私との婚約《こんやく》？」

「そうだとも。人間にあって余にないもの、それは『愛』だ」

恥《は》ずかしげもなく、堂々とそんなセリフが言えることに驚く。とても魔王の口から出る言葉とは思えなかった。

「他を愛するという感情が、人の強さを支えている。それは余にない感情だ……余は知りたいのだ。お前たち人間を」

「それなら、私じゃなくてもよさそうね」

「否、お前でなくては困る。誰もでもよい、というわけではない。この余に期待させる人間だからこそ、意味があるのだ」

魔王サタンは笑みを浮かべる。期待に満ちた表情で、眼差《まなざ》しで、私のことを見つめる。

この状況《じょうきょう》も、私なら乗り越《こ》えられるという期待。魔王から人類への、重すぎる期待が背中にかかる。

「欲深いわね」

「魔王だからな。この男、ベルフィストは余とは対極にいる」

「それは……」

「余は期待する。だが、この男は一切期待しない。何も求めず、何も感じず、ただ空っぽの抜け殻《がら》だ。故に余の器として成立したが、それではつまらん」

彼は語りながら、私に向かって右手をかざす。彼の手から、ベルフィストの記憶が、彼の感情が流れ込んでくる。

そうか。そういうことか。だから彼は、魔王サタンの器に選ばれて、学園長に乗っ取られてしまった。

悲劇によってできてしまった心の穴に、学園長が入り込んだ。

「余がなぜ、ベルフィストの魂を鎮《しず》めなかったかわかるか？」

「――それも期待だというのね」

「ふっ、お前も人間だろう？　ということだ」

本当に重たい期待だ。けれど、魔王に期待されるというのも、悪い気分じゃなかった。

「さぁ、余の期待に応えてみせろ」

「ええ、見せてあげるわ」

人間の可能性を。

◇◇◇

一瞬、意識が飛んでいた。

瞬時《しゅんじ》に体勢を立て直し、学園長と向かい合う。

「どうかしたか？　顔つきが変わったな」

「そうかしら」

魔王サタンのおかげで、ベルフィストの過去に何があったのかはわかった。学園長は、彼の心の隙間に潜《もぐ》り込み、彼を縛《しば》っている。

心の隙間さえ解消すれば、学園長の魂は追い出されるはずだ。あとは彼の心の隙間を埋《う》める方法を考えよう。

彼の心を満たすために必要なこと……。

「思考に集中しすぎて、攻撃がおろそかになっているぞ？」

「――！」

「させない！」

突如として天井《てんじょう》が砕《くだ》けて、私と学園長の戦いに乱入したのはセイカだった。

「どうしてここに？」

「すまない！　どうしても、ベルフィストに言いたいことがあったんだ！」

セイカが学園長と、否、ベルフィストと向かい合う。

「ベルフィスト、お前は私に……自由に生きろと言ってくれたはずだ。そんなお前が、誰かに縛られている？　らしくないぞ！」

「無駄《むだ》だ。セイカ。お前の言葉は届かない」

「あなたは黙っていてください、お祖父様《じいさま》！　私が話しているのはベルフィスト！　私の……一番の友人です！」

「――！　この私に楯突《たてつ》くか。失敗作の分際で」

「くっ……」

漆黒の魔力がセイカを襲う。セイカは勇者の才能を開花させ、自身を水に変換している。ただし、魔王の攻撃は魔力そのもの。魔法《まほう》によって水と化したセイカにもダメージを与えられる。

でも、今の攻撃は……。

「……これは……」

「どうした？　この程度か？　私は自由に生きると決めた！　お前はどうなんだ？　私に言った言葉は偽《いつわ》りか？」

「喧《やかま》しい……目障《めざわ》りだ」

学園長は続けて攻撃を仕掛《しか》ける。が、明らかに出力が落ちている。攻撃も単調で、制御《せいぎょ》が乱れていた。

聞いているセイカの言葉を……奥底に沈んだベルフィストの魂が。彼の言葉が、学園長の攻撃を弱体化させた。

そうか。

彼の心の隙間を埋めるものは……。

「まったく、何が空っぽよ」

そう思っているのは本人だけじゃない。

空っぽだったのは昔の話で、彼にはもう友人がいて、繋《つな》がりがある。ベルフィストが求めているのは、彼の心の隙間を埋めるのは……。

失ってしまった両親に代わる大きく確かなつながりだ。

よかった。それなら私でも、差し出せる。

「あとは任せて」

「スレイヤ・レイバーン？」

「えい、うっとうしい！　失敗作のサンプルの分際で、この私の邪魔をするなど！」

「リヒトヴェール！」

「――!?」

聖なる結界を拘束具《こうそく》のように、学園長の身体を覆《おお》う形で展開する。この魔法に直接的な攻撃力《こうげきりょく》はない。

あくまで一時的に、学園長の動きを封《ふう》じるだけだ。

「こんなもの！」

「無駄よ。それは私一人の力じゃないわ」

◆◆◆

決戦前、私たちは最後の作戦会議を済ませた。あとは戦いに赴《おもむ》き、すべてを終わらせるだけだ。

「スレイヤさん」

「フレア。そっちは任せるわね」

「はい！　ベルさんのことは、スレイヤさんにお任せします！　絶対に……無事に帰ってきてくださいね」

彼女《かのじょ》は私の手を握《にぎ》りしめる。祈りを捧《ささ》げるように。

「これは……」

彼女の手の平から、優《やさ》しい温かさが流れ込んでくる。彼女の聖なる力が、私の身体を優しく覆う。

「本当は私も一緒《いっしょ》に行きたいですけど、離《はな》れていてもスレイヤさんを守れるように」

「……ありがとう」

聖なる力を他人に与える。物語の終盤《しゅうばん》で、成長した彼女ができるようになったこと。聖なる力の源は想いだ。

それを渡すということは、自分の想いを他人に預けることを意味する。

心から信頼する相手でなければ不可能なことを、物語の中では恋仲《こいなか》になった相手にだけ可能となった力を、本来敵対するはずだった私に向けて使っている。

おそらくこれこそ、私が歩んできた道のりの中で、一番大きな変化だろう。

物語のままではありえなかった。聖女フレアの後押《あとお》しを経て、私は戦いの場に赴く。

◆◆◆

「くっ、こんな……」

聖なる力によって苦しみ始める。ベルフィストにとっての不純物、彼の心に住み着いた学園長の魂を刺激《しげき》している。

これにより、抑え込まれていたベルフィストの魂が、わずかながらに顔を出す。

「ねぇ、ベルフィスト。忘れたんじゃないでしょうね？」

「スレイヤ？」

私は語り掛ける。ほんの少しだけ意識を取り戻したベルフィストの魂に。しかしこれでは不完全、まだ足りない。

彼を本当の意味で救い出すために、もう一歩先へ進む必要がある。

「あなたが言い出したのよ？　婚約者にするって」

私は彼に近づき、その頬《ほお》に触《ふ》れる。こんな形は不本意だけど、これで彼の心が満たされるのなら、私の未来に繋がるのなら、迷うことはない。

「空っぽなんて言わせない。そんなこと言うなら、私が全部満たしてあげる。あなたの心を、私の全部で」

「何を——⁉」

また年寄りが出しゃばってくる前に。うるさい口は、こうして塞《ふさ》いでしまおう。

口と口が重なり、柔《やわ》らかな唇《くちびる》が触れ合い、私の心を彼に流し込む。記憶《きおく》を、思いを、私が願うことを。

私だって女の子なんだから、少しくらい恥ずかしい妄想《もうそう》をしても許されるわよね？

未来の自分が手に入れた幸せを思《おも》い描《えが》き、彼に語り聞かせよう。この未来には、あなたの居場所もあるのだと。

ついでに届けばいい。魔王サタンにも、私の願いが。

これが私の、人生を捧げる魔法だ。

「ねぇ、あなたは誰？」

「——ひどいな。未来の夫のことを忘れるなんて」

彼は私を抱きかかえて、城の天井を突《つ》き破《やぶ》る。あとで修復しないと怒られそうだけど、今はそんなことどうでもいい。

私は彼の胸の中で、彼の宣言を聞く。

「聞くがいい！　余の同胞《どうほう》たちよ！　戦いはもう終わりだ！」

「魔王様!?」

「あれは……」

「ベルさん？」

下ではフレアたちが戦っている。私たちのために、傷つきながら踏《ふ》ん張ってくれていた。

彼もまた、悪魔《あくま》たちと共に空を見上げる。

「余は争いを望まない！　世界の支配などくだらない。余が求め、願うものはここにある！」

そう言いながら、彼は私をぎゅっと抱きしめる。決して離さない、自分のものだと主張するように。

「お前たちもいい加減、余の後を追うな。己《おの》が道を探し、突き進め！　いずれまた、どこかで会おう！」

魔王サタンは指を鳴らす。

そうして、奇跡《きせき》は起こる。これまでの出来事が嘘《うそ》であったかのように、世界中の人々の石化は解除された。

破壊《はかい》された建物も元通りになり、戦っていたフレアたちの傷も癒《い》えている。

「出鱈目《でたらめ》ね」

「――俺《おれ》は、何もかもどうでもよかったんだ」

ふいに雰囲気《ふんいき》が変わる。サタンの人格から、もう一人……ベルフィストの人格へと切り替《か》わった。

「両親をこの手で殺した。もう……何もかもがどうでもよくなって、生きる意味を見失った……。こんな俺が、生きている意味なんてないと思った」

あなたのせいじゃない、なんて単純な言葉で片付くような問題じゃない。大切な家族を自分自身の手にかけた。

その事実は覆《くつがえ》ることはなく、失った命も戻ってはこないのだから。

それでも人は、生きる限り前へ進むしかない。後ろを振り返ることはできても、戻ることはできないのだ。

「おかしいな……空っぽでよかったはずなのに」

彼の瞳《ひとみ》から涙《なみだ》が零《こぼ》れ落ちる。

満たされた心から溢《あふ》れ出る涙は温かく、私の頬にポチャッと落ちて流れる。

「今の俺は、こんなにも満たされた気分だよ」

「いいじゃない。それで」

「……」

「罪のない人間なんていないし、後悔《こうかい》のない人生なんてないわ。私の一度目がそうだったように……」

私の人生は後悔に満ちて終わりを迎《むか》えた。だからこそ、後悔ばかりの人生だと思うのならば、より強く思うべきなんだ。

「悔《く》いのない今を。幸せになる権利は、誰《だれ》にでもあるらしいわ」

「それ、セイカの言葉だろう?」

「ええ。あなたに向けた言葉よ。きっと」

「……そうだな」

空っぽのまま過ごした数年間は、こうして終わりを迎える。

満たされた心で、彼がこれから何を想い、何を願うのかはわからないけど、その瞳は……未来に期待している煌《きら》めきを宿していた。

# エピローグ

暗闇《くらやみ》の中で、老人が一人もがいていた。

「く……こんなはずでは……なぜ、なぜ失敗した？」

「――わからないか？」

「お、お前は……魔王サタン」

暗闇の海で溺《おぼ》れる老人、ウリエ・ルノワールを魔王サタンの魂《たましい》が見下ろしている。

ここは精神世界。ベルフィストの心から追い出されたウリエは、魔王サタンの領域へと誘《いざな》われた。

「お前は完璧を求めていたな」

「その通りだ。私は完璧を愛している」

「愛……か。それも一つの形だとすれば興味をそそられるはずだが……」

「そうか？　ならば私と共に！」

「微塵《みじん》も興味が湧《わ》かん」

「――――！」

サタンの魂は冷たい視線で言い放つ。

「お前は感情というものをまったく理解していない。理解する気がない。余以上に、人間を理解していない」

「何を……」

「だから失敗したのだよ。人間でありながら、人間らしさを捨てたお前は……」

「や、やめろ……やめてくれ！　私は完璧を――――」

「誰よりも、不完全な存在だったと知れ」

ウリエの精神は闇に沈んでいく。未来永劫《みらいえいごう》、二度と世には戻れぬ暗黒へ。魔王が作り出した無へと誘われる。

◇◇◇

魔王サタンが起こした事件は、一言で表すと〝なかった〟ことになった。

「出鱈目すぎますよ！」

「まったくね」

「驚《おどろ》いたなー。こんなことまで可能なんて、さすが魔王サタン」

「他人事みたいに言わないでください！　ベルさんも悪いんですからね！」

「え、俺のせい？　どちらかといえば被害者《ひがいしゃ》だと思うんだけど」

私たちは当たり前のように、日常生活に戻《もど》っていた。私の隣《となり》をフレアが歩き、反対側をベルフィストが歩く。

主人公とラスボスに挟《はさ》まれる悪役ヒロイン……絶望的な状況に見えるけど、これが今の私たちの日常だ。

「結局！　今はベルさんなんですか？　魔王さんなんですか？」

「俺は俺だよ。スレイヤのおかげで心の隙間も埋まったし、俺とサタンの人格は別々になった。今こうして話しているのはベルフィストだ」

「魔王は？」

「いるよ。基本的には俺に任せてくれるらしい。話したい時は勝手に出てくる」

あの一件以来、ベルフィストとサタンの人格は分離《ぶんり》し、一つの肉体に二つの人格が宿る形へと変わった。

今までが融合《ゆうごう》で、これからは共生ということらしい。

「全然変わったように見えないんですけどぉ～」

「ベルは元からこういう性格だったのね」

「いやいや、これもサタンの影響《えいきょう》だ。長く一緒になっていたから、融合していた頃の俺が、今の俺になったんだよ」

「つまり?」

「今までと何も変わらないってことじゃないですか！」

「ははっ、そうなるな」

確かに性格はこれまで通りみたいだけど、その笑顔《えがお》は自然で、清々《すがすが》しさを感じる。何もかもが一緒、というわけではない。

彼の中で、ちゃんと折り合いはついたのだろう。

「スレイヤのおかげだ。心から感謝するよ」

「どういたしまして」

「それにしても、君のキスは情熱的だったな」

「キ、キス!?　いつの間にしたんですか！　スレイヤさん！」

賑《にぎ》やかな日々が戻ってきて、ホッとする。けれどまだ終わりじゃない。

「そんなことより」

「そんなことじゃないですよ！」

「後で教えるわ。ベル、まだ力は完全に回収できていないのね？」

「ああ」

彼は目を瞑《つぶ》る。すると、雰囲気が一気に変わる。

【間違《まちが》いない。余の力は未だ不完全だ】

魔王サタンの人格……切《き》り替わるとすぐにわかる。雰囲気がまるで違《ちが》うし、声も普段《ふだん》より低くなる。瞳の色も赤く変化していた。

「――だそうだ。俺も力の存在は感じ取っているよ」

「そう……」

人格がサタンからベルフィストに戻る時もわかりやすい。残る力はどこにあるのか。所在と数を調べる方法はあるのか。

「ベル」

「何だ？」

「残っている力は、この学園の中にあるのね」

「ああ、間違いない」

ベルフィストは断言して、目を閉じて語る。

「力はより近くに感じるよ」

「近く……ね」

「ああ、かなり近い。これまでの中で一番近いんじゃないか。それくらい力を強く感じる」

「それって、この中にいるからじゃないですか？」

フレアの一言で、場が静まり返る。ベルフィストは瞳を勢いよく開き、私もフレアにさっと視線を向ける。

私とベルフィスト、二人の視線が集まって、フレアはオドオドしてしまう。

「あの、えっと、変なこと言っちゃいました……か？」

「……そうよ。そういうこと」

「あり得るな。なんで今まで気がつかなかったんだ？　近すぎてわからなかった？　だとしたらとんだマヌケだぞ」

「まったくね、私も……」

「あの……スレイヤさん？」

「ありがとう、フレア。おかげでわかったわ」

彼女の何気ない一言が、悶々《もんもん》と膨《ふく》らみかけた疑問を解消する。

よく考えればたどり着けたはずだ。魔王の力の一部は、これまで物語に登場する勇者たちの中に眠《ねむ》っていた。

彼《かれ》らのうちにある心の隙間に、魔王の力は引き寄せられた。

勇者たちは主人公と並ぶ主要人物だ。

この世界と、あの物語に少なからず関連性があるとすれば……残る力も、物語に登場した主要人物の中にある可能性は高い。

私はフレアを見る。

彼女ではない。フレアの中には、聖なる力が宿っている。彼女だけが持つ特別な力であり、魔王にとって天敵とも呼べる力が彼女にはある。

必然、聖なる力が邪魔をして、魔王の力は存在できない。仮に彼女に心の隙間があろうとも、聖なる力が魔王の力を拒否する。

それ故に、彼女の中には存在しないと確信できる。

ベルフィストを見る。彼も候補から除外される。

当たり前だ。だって彼こそ、魔王サタンの依代であり、意思の共有者なのだから。彼の中にある力は、すでに魔王の力として回帰している。

少し思うところはあるけど、彼ではないと断言できる。

だからもう、一人しかいない。私が一番わかっている。ベルフィストも気づいているから、こちらに視線を向けていた。

そう、二人でないなら候補は一人。

物語の主要人物であり、そのキャラクター性からして、もっとも心の隙間を抱《かか》えていそうな人物。悪役ヒロイン、スレイヤ・レイバーン。

つまり……。

「私の中に、魔王の力が眠っているのね」

「スレイヤさんの中に……」

「可能性は高いな。というより、それ以外候補が見当たらないか」

「……ええ」

沈黙《ちんもく》が数秒流れる。驚きはあったけど、同時に納得《なっとく》もしていた。

魔王の力が、人間の心の隙間に引き寄せられるというなら、スレイヤこそ一番ありえる。

本来の、物語の中のスレイヤは、常に満たされていなかった。心から理解し合える相手もいない。自らの欲求を満たすために行動し、最終的には破滅《はめつ》した。

彼女の心にも、大きな穴が空いていたに違いない。

「スレイヤの心の穴を埋めないといけないのね……」

「何を他人事みたいなセリフを言ってるんだ？　君の問題だぞ」

「実際他人事よ。私じゃなくてスレイヤの問題でしょ？」

「違うぞ？　問題は君自身だ」

「え……」

意表を突かれ、私はキョトンとした顔を見せる。そんな私にベルフィストは呆《あき》れた様子で言う。

「はぁ、よく考えてくれ。確かに、最初に力が宿ったのは君じゃなくて、君になる前のスレイヤで間違いない。君がスレイヤになったのが、途中《とちゅう》からだとするならな」

「そこは正しいわ。あなたも私の記憶を見たでしょ？」

「ああ、だからそこは疑ってない。で、問題だが、今の君はスレイヤ本人じゃない。なら、スレイヤが抱えていた心の問題も、君とは関係ない」

「そうね」

私がスレイヤになったのは人生の途中からだ。

それ以前の記憶はあるけど、その記憶はスレイヤの身体に残っていたもので、私自身が経験したものじゃない。その証拠《しょうこ》に、記憶があっても感情は残っていない。

スレイヤがこれまでの人生で何を想《おも》い、何を感じてきたのか。私にはさっぱりわからない。この事実だけでも、私とスレイヤは別人だ。

彼女が抱えていた心の隙間《すきま》も、私にとっては他人事でしかない。

「つまり、君になった時点で心の隙間は消える。俺の力は拠《よ》り所《どころ》を失い、別の誰かのもとへ移動するはずなんだ」

「それって……」

「もうわかっただろ？　要するに君だ」

ベルフィストが私の左胸を指さす。

「君の心に隙間があるから、俺の力は離れることなく残ったんだよ」

「――私の、心に……」

指をさされた左胸に、私はそっと手を触れる。ドクンドクンと、いつもよりも速く心臓が鼓動《こどう》している。

この胸に、私の心に……穴が空いている？

「……どうして？」

「こっちが聞きたいな」

「スレイヤさん！　何か悩《なや》みがあるんですか？　あるなら私に話してください！　力になってみせます！」

フレアが心配そうに私に視線を向ける。

私は困惑《こんわく》する。そんなこと言われても……。

「思いつかないわね」

いや、悩み自体は大きなものがある。スレイヤの未来に、破滅エンドという最悪の終わりが待っていることだ。

私にとって最大の問題であり、解消されていない悩みと言えば……。

「俺か？」

「……そうね」

魔王サタンの存在だ。かの王がいる限り、私は安心することができない。今のところは協力的だけど、いつ私に牙《きば》を剥《む》くかわからない恐怖《きょうふ》はある。

ただ……。

「やっぱりこの人が悪いんですね！　スレイヤさんを困らせて……私が成敗してあげます！」

「君一人じゃ絶対に無理だぞ」

「やってみないとわかりません！　私だって強くなってるんです！」

「そうか？　だったらここで試してみようか」

いつになく熱くなるフレア。その熱に当てられて、ベルフィストも好戦的な姿勢を見せる。一触即発《いっしょくそくはつ》状態になり、私は慌《あわ》てて止める。

「落ち着いてフレア！　ベルもよ」

「スレイヤさん……」

「俺は冷静だ」

「嘘ね。熱くなっていたでしょ？」

「……そうかもな」

　ベルフィストが肩《かた》の力をすっと抜《ぬ》く。申し訳なさそうにしょぼんとするフレアに、私は囁《ささや》く。

「ありがとう。気遣《きづか》ってくれて。その気持ちだけで十分よ」

「スレイヤさん……本当にいいんですか？　私はスレイヤさんの味方ですからね？」

「ええ」

　私はフレアに微笑《ほほえ》み、ベルフィストに視線を向ける。しばらく、彼の顔をじっと見て確かめる。

「たぶん、違うと思うわ」

「俺が原因じゃないと？」

「ええ、根拠《こんきょ》はないけど……違う、気がするの。けど……」

「不安がないわけじゃない、か？」

私が思っていたことをベルフィストは言い当てた。

その通りだ。不安はある。彼が裏切らないという確証はどこにもない。

やっぱり、この不安が心の隙間の正体なのだろうか？

悩む私に、ベルフィストは……否、サタンの人格が提案する。

【ならば、この場で魂の契約《けいやく》を結ぶとしよう】

「魂の契約？」

【悪魔が人間と交《か》わす縛りだ。お互《たが》いの魂をつなげ、誓《ちか》いを立てる。契約すれば互いに、結んだ約束を破れない】

「悪魔《あくま》契約《けいやく》ね。本で見たことがあるわ」

悪魔は人間に力を貸す代わりに、それに見合う対価を要求する。

相互《そうご》にリスクを負い、利益を生む契約。

【ここで結ぶ契約はこうだ。お前は余の妻になると誓い、余はお前を生涯《しょうがい》をかけて守ることを誓う。そうすれば、お前の安全は保証されるだろ？】

「そういうことね」

「危険です！　そんな契約結んで、この人が一方的に破棄《はき》したら！」

【それはできない。言っただろう？　一度結べば破れない。悪魔は人間よりも契約には煩《うるさ》

いんだ。言葉ではなく、魂に誓う契約に偽りはない】

魔王《まおう》サタンは淡々《たんたん》と説明し、最後に私の眼を真剣《しんけん》に見つめる。人格がサタンからベルフィストに切り替わり、尋《たず》ねる。

「どうする？」

「……」

判断は私に委ねられた。

もしこの不安が、心の隙間を生んでいるというなら……彼が提案した方法で解消できるだろう。逆に、他の方法で安心するには、彼を滅《ほろ》ぼす以外に道はない。

転生した当初はそれも念頭に置いていた。ただ、強くなって、戦えるようになって改めてわかる。

魔王サタンの圧倒的《あっとうてき》な実力が。私は強くなった。魔王も倒《たお》せるくらい強くなった自信はある。だけど、絶対に勝てると断言できない不安はあった。

ベルフィストとの敵対は一つの賭《か》けだ。そんな賭けをするくらいなら……。

「わかったわ。契約しましょう」

ベルフィストは笑《え》みを浮《う》かべる。

「いいんですか？　スレイヤさん、契約しちゃったらもう、後戻《あともど》りできないんですよ？」

「承知の上よ」

「こんな変人のお嫁《よめ》さんになっちゃうんですよ！」

「誰が変人だ」

「あなた以外に誰がいるんですか！」

むーと言いながらフレアがベルフィストと顔を見合わせる。

その様子を見て、私は微笑む。

「ふふっ」

「スレイヤさん？」

「大丈夫《だいじょうぶ》よ、フレア。私はそれでいいと思ってる」

私は、前世でもそういう相手には恵《めぐ》まれなかった。

恋愛《れんあい》に関しては素人《しろうと》同然だ。本の中の描写《びょうしゃ》で学んでいる程度の知識しかない。そんな私だから、恋《こい》と愛とかはよくわからない。

「ただ、好きか嫌《きら》いかって聞かれたら、別に嫌いじゃない。この時間もそれなりに気に入っている。だから案外、悪くない気はしているわ」

「ははっ、光栄だな」

「スレイヤさん……」

「悔《くや》しそうだな、フレア」

「変人は黙《だま》っていてください！　私はスレイヤさんのお友達です！　スレイヤさんが幸せなら、それが一番いいんですよ！」

複雑な表情をしながらも、そう言ってくれる彼女は明るく優しい。

「ありがとう。あなたと友人になれてよかったわ」

そう、心から思う。私は感謝すべきだ。彼女と出会い、彼女が私の友達になりたいと言ってくれたことに。

そして……。

「契約しましょう」

「よし」

彼との出会いにも。

私はベルフィストと向き合う。

「何をすればいいの？」

「うーん、そうだな。いろいろと方法はあるが……」

ベルフィストは顎《あご》に手を触れ、視線を斜《なな》め上に向けて考える。考えをまとめた彼は視線を私に戻し、笑みを浮かべる。

「うん。やっぱりこの方法が一番合っている気がする」

キョトンとする私の肩を、ベルフィストは両手でがしっとつかみ、引き寄せる。

顔と顔が近づき、もう少しで胸が当たる距離《きょり》。互いの心臓の鼓動すら、かすかに聞こえそうなほど近い。身長差で私は見上げて、彼は私を見下ろす。この時点で私も、彼が何をするつもりなのかを察した。

「ちょっとベルさん！　何するつもりですか！」

「見ての通り、契約だ。ピッタリだろ？」

「勝手に……他の方法は――」

「大丈夫よ、フレア。私はこれで構わないわ」

「スレイヤさん……」

フレアは心配そうな顔で私を見つめる。無理をしていると思われているかもしれない。

確かに少し驚いた。けど、一度目じゃない。

「私もピッタリだと思うわ」

契約すれば、私は彼の妻になるんだ。だったら丁度いい。

誓いを立てるのに、これ以上の行為《こうい》はないだろう。

「そうこなくちゃな」

フレアが見守る中、ベルフィストの顔がゆっくり近づく。

見られているのは少し恥《は》ずかしい。

不安は多少あるけれど、ベルフィストが私を引き寄せる手が優しくゆっくりで、強引《ごういん》さも感じなくて……。


逃《に》げる余地すら残してくれていることに気づく。その小さな優しさにほだされて、私はすっと目を瞑る。


そうして……キスをした。

愛し合う者同士が、お互いの気持ちを確かめるためにする行為。物語の中でしか見たことがなかった。

一度目は彼を救うための手段として……そう、今回は違う。私はより強く、彼の存在を感じている。

キスって柔らかくて……温かいんだ。

相手の存在を強く感じながら、この瞬間《しゅんかん》を噛《か》みしめる。触れ合う箇所《かしょ》は小さいのに、どうしようもなく満たされる。

彼から何かが流《なが》れ込《こ》んできた。温かさと一緒に、激流のような力の波が。その奥《おく》に、冷たくて暗い何かが眠っている。

唇が離れていく。ほんの少し、名残《なご》り惜《お》しさを感じながら。

「終わったの？」

「ああ、これで契約は完了《かんりよう》した」

「そう……」

「なんだ？　もう少し続けていたかったか？」

ベルフィストは意地悪な笑みを浮かべる。多少なり思ったことを見透《みす》かされ、私は頬を熱くする。それを悟《さと》らせないように否定する。

「残念ね。私はそこまで初心《うぶ》じゃないわ」

「そうかそうか。それは残念だ……」

彼の見透かしたような表情……ちょっとムカつくけど何も言えない。初心じゃないなんて嘘っぱちだ。今も唇に残る温かさを感じて、心臓の鼓動が普段より速い。

「スレイヤさん大丈夫ですか？」

「ええ、平気よ」

「本当の本当に大丈夫ですか？」

「心配いらないわ」

身体に異常はない。契約が終わった後も、特に肉体に関する制限はないらしい。

これで私は彼の妻になり、彼は私の安全を生涯保証することが決まった。私はベルフィストに確認《かくにん》する。

「力は？」

「……残念だけど未回収だ」

「そう」

予想した通り、私の心の隙間は命の不安ではなかったらしい。

「だったら契約は無効ですよ！」

「残念。一度結んだ契約は、どちらかが死なない限り破棄されない」

「じゃあベルさんお願いします！」

「ひどい女だな……」

プンプンとフレアは怒《おこ》る。確かに無駄骨《むだぼね》感はあるけれど、これで一つの可能性を潰《つぶ》せた。

心の隙間を作っている要因は彼じゃない。だとしたら……。

「一体何が……」

わからない。ぱっと考えても思いつかない。悩む私にベルフィストは言う。

「だったら確かめればいい。自分の目で」

「考えてはいるわよ」

「違うさ。考えるんじゃなくて、目で見て確かめるんだ。自分自身の本音を……今ならできる」

そう言いながら、ベルフィストは指を向ける。私の額にちょんと触れた。瞬間、意識が薄《うす》れる。

「え……」

「スレイヤさん！」

◇◇◇

視界が突然《とつぜん》真っ暗になった。気がつけば私は、真っ白で何もない空間にポツリと立っている。

「ここは……」

【ようこそ、精神世界へ】

「ベル……サタンね」

振《ふ》り返ると彼が立っていた。情けないけど、少し安心する。

「何をしたの？」

【余とお前の魂は繋《つな》がっている。だからこうやって、互いの精神を連結して覗《のぞ》くことができる。ここはお前の精神世界……心の中だ】

「私の心……」

周囲を見渡《みわた》す。

何もない。殺風景を通り越《こ》して、眩《まぶ》しいくらいに白い。

【安心しろ。今から流れる】

「流れる？」

【よく見ておけ。お前は、もう見ている】

彼の言葉を合図に、真っ白だった視界に映像が流れる。無数の、異なる景色が四方八方に広がる。

「これは……」

記憶《きおく》だ。私自身の……私がスレイヤに転生してから今日までの記憶。それを客観的な視点から見ている。

記憶と一緒《いっしょ》に、その時々の感情や考えも流れてくる。

自分のことなのに、こうして改めて見ると不思議な感覚だ。

「いろいろあったのね」

期間としては短い。だけど、一日一日が色濃《いろこ》くて、激しく移り変わる。

スレイヤとして生きる私が見える。私と関わることで、変化する人たちの姿もある。

「――ああ、そっか」

ようやくわかった。私が何に悩んでいるのか。

心の隙間を生み出す理由……。


罪悪感だ。

◇◇◇

夢から覚めた私は目を開ける。

雲が流れる青空が見える。視界のすぐ横には、心配そうに私を見守るフレアがいた。

「スレイヤさん！　よかった……気がつきましたか」

「……」

私は視線を向ける。

彼女《かのじょ》の背後に立っているベルフィストに。彼の力で精神世界に誘《いざな》われ、本体は眠っていたらしい。

「いい夢は見られたかな？」

「……よくはなかったわ」

「へぇ、じゃあ、わかったんだな？」

「ええ」

私はゆっくりと起き上がる。

「大丈夫ですか？」

「……」

「スレイヤさん？」

「違うわ……フレア」

「え？」

「私はスレイヤ・レイバーンじゃない」

それこそが、私が抱える問題。心の隙間を生み出す要因。精神世界で自分の姿と感情を客観的に見ることで、私は理解した。

理解させられた。私はただ、スレイヤ・レイバーンを演じているだけの他人だということを。そんな私が、フレアの……彼らの未来を変えてしまった。

本来訪れるはずだったエンディングから遠のき、彼らの運命を歪《ゆが》めてしまった。

私自身が生き残るために。破滅エンドを回避《かいひ》するために……。

「私の中にはいつも罪悪感があったわ。自分では気づいていないだけで……いいえ、気づかないように目を背《そむ》けていた」

「スレイヤさん……」

「私は、私の目的のために多くの人の運命を歪めたわ。きっと一番影響を与《あた》えたのは……あなたよ、フレア」

この世界が、私の知る物語通りの運命を辿《たど》るというのなら……主人公であるフレアが成すべきことを、私が勝手に代わってやってしまった。

結果的にフレアは私の友人になり、私の計画に協力してくれている。

そんな未来、用意されていなかったはずなのに。

今さら後悔《こうかい》しても手遅《ておく》れだ。一度進みだした時計の針は戻らない。

過去に戻ってやり直すことも、今から全部なかったことにもできない。だからこそ、後悔するんだ。今の私にできることは、ただ……謝《あやま》ることだけ。

「……ごめんなさい、フレア。私は……」

「――はぁ、スレイヤさん」

「……」

「そんなどうでもいいこと気にしてたんですか？」

「……え？」

呆れるフレアが視界に映る。キョトンとした私は、彼女を見ながら立ち尽《つ》くす。

「いいですか？　スレイヤさん、私は私です。スレイヤさんが知っている物語の主人公と同じ名前、同じ境遇《きょうぐう》、同じ容姿でも、今いる私が私なんです」

フレアは自分の胸に手を当てる。優《やさ》しく、心の在り処を確かめるように。

「よし！　確かめに行きますよ！」

「え、何を？　どこに？」

「決まってます！　スレイヤさんが助けた皆《みな》さんを見に行くんです！」

そう言って、彼女は私の手を握《にぎ》る。

強引に引っ張り駆《か》け出す。私は転ばないように足を動かし、彼女について行く。

「ベルさんも行きますよ！」

「ふっ、やれやれ」

ベルフィストも呆れながら後を追う。私は言われるがまま、彼女と一緒に学園を駆ける。

最初に向かったのは、ライオネスとメイゲンのもとだった。二人を見つけたのは訓練室だった。

「どうしたメイゲン！　こんなものじゃないだろ！」

「……はぁ、もちろん。まだまだいけるよ！」

「そうこなくてはなぁ！」

　私たちはこっそり二人の様子を観察する。

「知っていました？　最近あの二人、よく一緒に居残り訓練してるんですよ」

「そうだったのね」

「はい！　見てください。二人とも……楽しそうです」

「……」

　戦う二人は活《い》き活きとしていて、解放的で。ライオネスの心の隙間は、強くなる意味を見つけられないことだった。

　目標としていた父の本心を聞き、彼は強さとは何かを知った。

　何のために強くなるのか。今の彼は見つけられたのだろうか？

　わからないけれど、以前に戦った時より成長している
　一緒にいるメイゲンにとって、ライオネスは憧《あこが》れだった。誰《だれ》より強く、堂々と振《ふ》る舞《ま》う彼に憧れ、密《ひそ》かに劣等感《れっとうかん》を抱《いだ》いていた。

そんな弱い自分と向き合い、乗り越えることで彼は前へ進む勇気を得た。

今では本当の意味で、彼らは友になれたのだろう。

「次に行きますよ！」

フレアは私の手を引き、次の場所へ向かう。

向かった先は図書室だ。ここにはいつも、彼がいる。

「あ、いましたね」

「ビリー、相変わらずここにいるのね」

彼は以前から図書室にいることが多い。一人で黙々《もくもく》と本を読む姿は変わらない。けど、
積み上げられた本のタイトルを見て私は気づく。

「魔法《まほう》の本以外にもたくさん」

「新しい趣味《しゅみ》を探してるみたいですよ。魔法以外のこと知って、楽しみたいからって」

彼は天才魔法使いと呼ばれている。そうさせたのは、亡《な》き両親の影響だった。

呪《のろ》いだと彼は勘違《かんちが》いしていたみたいだけれど、子に呪いをかける親なんていない。

ビリーの両親は、彼に自分たちの分まで幸せになってほしかった。ただそれだけだった。

二人の想いを知ったことで、彼の心は満たされた。

魔法だけに執着《しゅうちゃく》した彼は、もういないらしい。

「次の人です！」

そう言って有無《うむ》を言わさず、フレアは私を引っ張る。

抵抗《ていこう》なんてしない。彼女が何を伝えたいのか、少しずつわかってきたから。

フレアに連れられ廊下《ろうか》を歩いていると、ふいに彼を見つける。

私の元婚約者《こんやくしゃ》で、二度私にふられた人。アルマは多くの女性に囲まれている。

「アルマ様！　よければ今度、お食事でもいかがですか？」

「そうだね」

相変わらずの作り笑い。貴族らしく振る舞い、当たり障《さわ》りなく友好的に接する。

ぱっと見、彼は変わっていないように見えた。

「――でも、すまないね。君とは一度しか話したことがないし、あまり気が合いそうにないから、食事は遠慮《えんりょ》しておくよ」

「え……そ、そうですか？」

「うん、ごめんね」

「……驚《おどろ》いたわね」

あんなにキッパリと女性の誘《さそ》いを断るなんて、私が知るアルマらしくない。

周囲の目もあるし、立場もある。とりあえず友好的にと、彼ならすると思っていた。

彼も変わっているんだ。貴族としての地位や権力しかない自分を変えようとしている。

自分の気持ちを正直にさらけ出す。変わっていく私を見て、それを真似《まね》ている。

「——また悪だくみか？」

「わ！　セイカ先輩《せんぱい》！」

アルマを観察している私たちの背後に、いつの間にかセイカが立っていた。

驚くフレアは咄嗟《とっさ》にベルフィストを前に出す。

「お願いします！」

「何を……はぁ、まったく人使いが荒《あら》い」

呆れながらもベルフィストは友人と向き合う。

「悪だくみなんてしてないぞ。ただふらっと学園を散策していたら、知っている奴《やつ》を見つけただけだ」

「そうなのか？　私はてっきり、また隠《かく》し事でもしているのかと思ったが」

「隠し事ならいくらでもあるぞ？　言えないがな」

「おかしいな。友人に隠し事か」

「お互い様《さま》だ」

この二人は友人だけど、独特の距離感がある。本気でぶつかり合った今も、その辺りは変化していない。

「ほどほどにしておけよ。お前たちは目立つ」

「わかってる」

セイカは忠告だけして、去って行こうとした。そんな彼の後姿を見つめながら、ベルフィストが呼び止める。

「セイカ！」

「なんだ？」

彼は振り返る。ベルフィストは得意げな表情で指をさす。

「前よりいい顔するようになったな」

「――――！　そうか？」

「ああ、ほんの少し、だけどな」

「ふっ」

セイカは微笑み、私たちに背を向け歩き出す。私にはわからないけど、友人のベルフィストにはわかるのだろう。セイカの変化が……。

ひょこっとフレアが私の視界に顔を出す。

「どうでしたか？」

「どうって……」

「皆さんの様子です！　誰か一人でも、不満そうな顔をしていましたか？」

「……してはいなかった、わね」

いえ、それどころか……。

「楽しそうでしたよね？」

「――そうね」

確かに、そう見えた。ライオネスも、メイゲンも、ビリーも、アルマも。

「セイカもな」

私が変えてしまった五人の勇者たちは、みんな活き活きと日々を過ごしている。

フレアは後ろに手を組みながら、くるりと回って話し出す。

「スレイヤさんはきっと、本の中での出来事が、みんなの幸せだと思っているんですよね？」

その通りだ。本の中には彼《かれ》らの想いが綴《つづ》られていて、エンディングにたどり着いた時、彼らの心は幸せで染まっていた。だから、彼らにとって正しい結末は……あの物語通りに進むこと。

そう思っているから、歪めてしまったことへの罪悪感が膨《ふく》れあがる。

「本当にそうですか？」

フレアは問いかける。悩む私に。

「見てください私を！　スレイヤさんの言った通りの主人公じゃありません！　全然違《ちが》う日々を送っているけど、とっても幸せですよ！」

「フレア……」

「他の皆さんだってそうです。みんな今が幸せそうでした。そうさせたのは、スレイヤさんですよ」

私が変えたから、みんな幸せになれた。

フレアは優しくそう言ってくれる。だけど、そう言ってくれる彼女こそ、本来その役目を担《にな》うはずだった。

「私じゃなくて、あなたにできたことよ」

「そうかもしれません。けど、今いる場所を気に入っています。みんな幸せになって、スレイヤさんがいて、一応この人もいて」

「一応は余計だ」

ぶーっと睨《にら》み合う二人。呆《あき》れたように笑い、私を見る。

「私は幸せですよ。本の中の私がどれだけ幸せだったのか知りません。そもそも、幸せに優劣《ゆうれつ》なんてないですよ。どっちも幸せなら、それでいいんです。何度でも言います。私は幸せです！　スレイヤさんとお友達になれたから」

「――フレア」

彼女の明るい笑《え》顔《がお》が、私の心を照らしていく。温かくなって、満たされていくように。

「君は本に影響《えいきょう》されすぎているんだよ」

「ベル……」

「本は本、どこかの誰かが妄想《もうそう》した物語だ。だけど今ここにある現実は、俺《おれ》たちが体験している今は、間違《まちが》いなく自分自身のものなんだ」

「そうですよ！　私たちにとってスレイヤさんは、今のスレイヤさんしかいません！」

二人の視線がまっすぐに向けられる。スレイヤの中にいる私自身を、ちゃんと見てくれている気がして……。

私がここにいてもいいのだと、教えてくれるように。

「私は……スレイヤじゃないわよ」

「私たちにとっては、ここにいるスレイヤさんが全てですよ」

「……主人公は、私じゃないわ」

「それは本の中では、の話だろう？」

二人は口を揃《そろ》えて言う。

悪役ヒロインでしかない……その役に入っているだけの私に向けて。

「いいですか？　これはスレイヤさんの人生です！　だったら、その人生の主役はスレイヤさんです」

「脇役《わきやく》なんていないんだ。人生の主役はいつだって自分だけ。俺たちがそうであるように、君も……君の人生の主人公だ」

二人の言葉が、私の心を満たす。

そうか。これは私が知っている本の物語じゃない。スレイヤ・レイバーンの物語でもない。私が進む道は、私が選んだ先は……。


私だけの物語だ。


「――ありがとう」

スッキリした心で、私は感謝の言葉を口にする。明るくて優しい友人と、魂《たましい》で結ばれた夫に向けて。

これは私の人生。
私が……幸せを掴《つか》む物語だった。

# あとがき

日之影ソラでございます。読者の皆様、またこうしてお会いできて光栄です。まず最初に、本作を手に取ってくださった方々への感謝を申し上げます。

物語の悪役令嬢として転生した主人公スレイヤ・レイバーン。物語の主人公フレアや、ラスボスであるベルフィストと共に、破滅エンドを回避するために行動を開始した第一巻ですが、さらに物語の核心に迫るお話となりました。

果たしてスレイヤは無事に平穏な日々を手に入れることができるのでしょうか。

少しでも面白い、続きが気になると思って頂けたなら幸いです。

第一巻に引き続き、物語のルートから外れて主要人物たちと関わっていきますが、ゲーム転生や物語転生の面白さは、本筋からズレた時にどんな変化が起こるか、だと思います。

主人公は基本的に、どうすれば正規ルートに行くかわかっているわけですから、そこから外れて行動することで、読み手だけでなく主人公もワクワクを味わっていることになりますね。私も好きな漫画やアニメを見ている時に、この時に主人公が別の行動をしたら……他の誰かを選んでいたらどうなっていたのだろうか。

なんてことを妄想して楽しんでおりました。どれだけ妄想しても、実際にどうなるかを知っているのは作者だけなので、その立場になれたことには感慨深さを感じます。

もしとか、可能性のお話を思い描くのも、物語を楽しむうえでは必要なことかと思いますので、ぜひぜひ皆さんも妄想してください！

そしていつか、自分の妄想を形にして、作品にしてみてくださいね！

コミカライズも『マンガＵＰ！』様にて好評連載中です！

作画を担当してくださっている汐田晴人先生は、原作イラストの良さを活かした上で、漫画としてより面白くして頂いているので、感謝しかありません！

皆さんぜひぜひコミカライズ版もよろしくお願いします！

最後に、一巻に引き続き素敵なイラストを描いてくださったコユコム先生を始め、書籍化作業に根気強く付き合ってくださった編集部のＳさん。ＷＥＢから読んでくださっている読者の方々など。本作に関わってくださった全ての方々に、今一度最上の感謝をお送りいたします。
それでは機会があれば、またどこかのあとがきでお会いしましょう!

次巻予告

獣王連合国から無事に帰還したエリーは、
父に続いて兄・エイワスと顔を合わせることに。
ついに、王国にその居場所を知られてしまったエリーは、
慎重に次の動きを考えていた。

そんな危機的状況のさなか、帝国は5日間にわたる祝祭シーズンに突入!!
兄の動きを警戒する中、屋台に大道芸人、武術大会とお祭り騒ぎの帝都を、
エリーはアリスたちと楽しむことに——

**どんな状況でも娘と祝祭を楽しむ天才令嬢による**
**大逆転復讐ざまぁファンタジー、第5弾!!**

# ブチ切れ令嬢は報復を誓いました。

The Furious Princess Decided to Take Revenge

—魔導書の力で祖国を叩き潰します—

5

## 2023年冬、発売予定!!

HJ COMICS
**コミックス第2巻**
**大好評発売中!!**
漫画 おおのいも

第2巻製作決定！
次は、逃亡魔王様の
楽しいダンジョンライフ!?
引退魔王は悠々《ゆうゆう》自適《じてき》に暮らしたい
He had already retired!
辺境で平穏な日々を送っていたら、女勇者が追ってきた
vol.1
山川海 著
YAMAKAWAUMI
illustration 鍋島テツヒロ

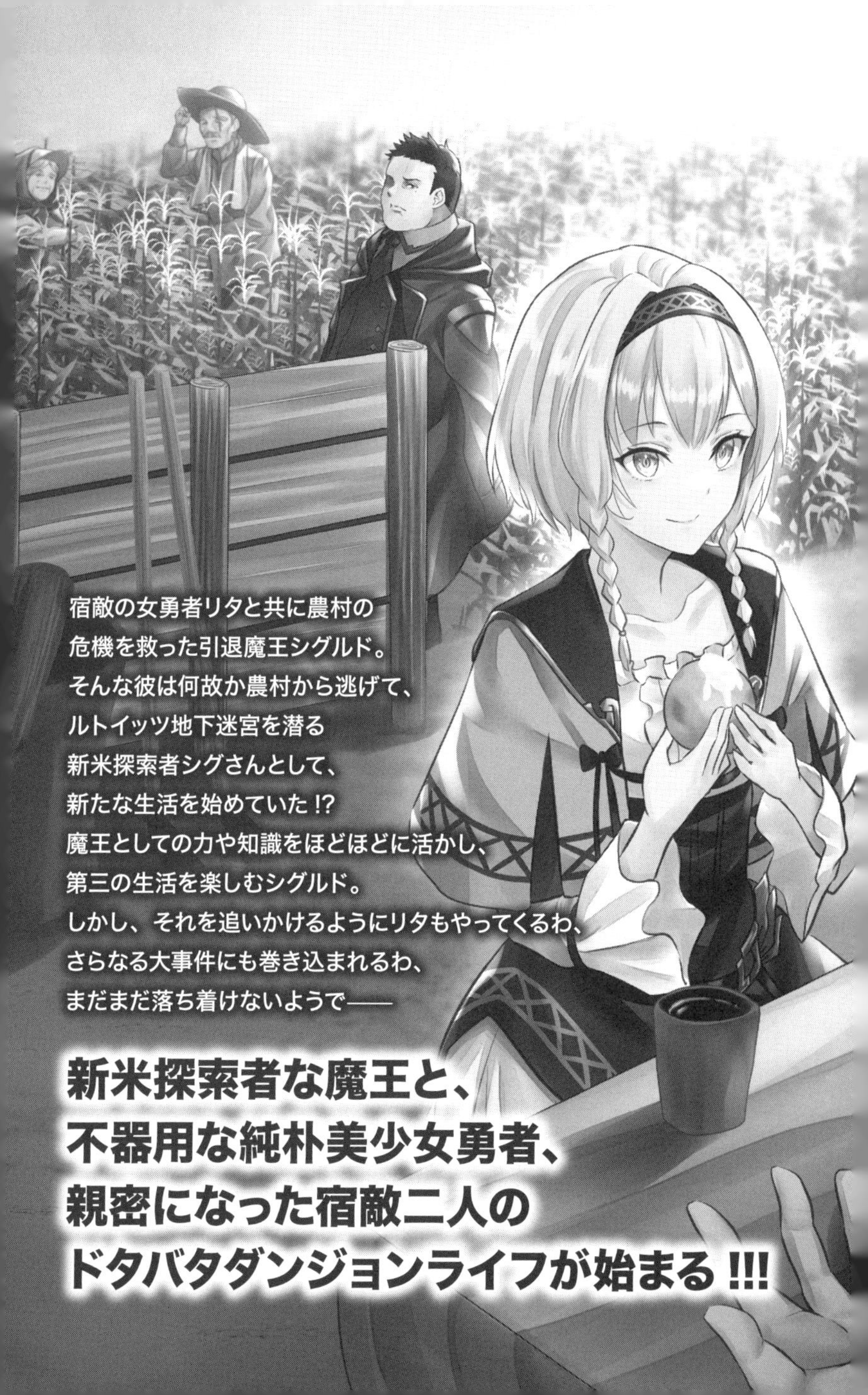
宿敵の女勇者リタと共に農村の
危機を救った引退魔王シグルド。
そんな彼は何故か農村から逃げて、
ルトイッツ地下迷宮を潜る
新米探索者シグさんとして、
新たな生活を始めていた!?
魔王としての力や知識をほどほどに活かし、
第三の生活を楽しむシグルド。
しかし、それを追いかけるようにリタもやってくるわ、
さらなる大事件にも巻き込まれるわ、
まだまだ落ち着けないようで——
新米探索者な魔王と、
不器用な純朴美少女勇者、
親密になった宿敵二人の
ドタバタダンジョンライフが始まる!!!

邪神の使徒たちの動きに
後手に回っていた冬夜たちだが、
ついに方舟の位置を捕えることに成功した。
フォンとともに。30
2024年春頃発売予定！

ここから反撃開始の
強襲作戦が
始動する――!!
異世界はスマート
冬原パトラ
illustration■兎塚エイジ

小説第⑨巻は2024年3月発売！
9
作画 大前貴史 原作 明鏡シスイ
信じていた仲間達にダンジョン奥地で殺されかけたが
ギフト『無限ガチャ』で
レベル9999の仲間達を
手に入れ
元パーティーメンバーと世界に復讐&『ざまぁ！』します！
週刊少年マガジン公式アプリ
「マガポケ」にて
好評連載中!!
作画：大前 貴史
原作：明鏡シスイ キャラクター原案：tef
コミックス
最新第⑨巻も
好評発売中！
第⑩巻は11月9日発売！

信じていた仲間達にダンジョン奥地で殺されかけたが
ギフト『無限ガチャ』で
レベル9999の仲間達を手に入れて
元パーティーメンバーと世界に復讐&
『ざまぁ!』します!
「小説家になろう」
四半期総合ランキング
第1位
(2020年7月9日時点)
①～⑧巻
好評発売中!!
レベル9999で
圧倒的無双!!!!!!
明鏡シスイ
イラスト/tef

森辺の民たちが西方神の洗礼を受け終えたのを確認し、
監査官たちは王都へと帰還した。
これで一連の事件も終わったかと思いきや、
兵士がモルガの山に近づいたことが原因でモルガの三獣である
赤き野人がラントの川に流れついてしまう。
初めて見る赤き野人は、
人間と変わらない可愛らしい少女の姿をしていて……
Author EDA
Illust. こちも
異世界料理道
VOLUME 32
Cooking with wild game.

ファの家に新たな居候が
増える第32弾！
2024年
冬ごろ発売予定！

HJ NOVELS
HJN76-02

**悪役令嬢に転生した田舎娘がバッドエンド回避に挑む話2**
**～死にたくないのでラスボスより強くなってみた～**

2023年12月19日　初版発行

著者——日之影ソラ

発行者—松下大介
発行所—株式会社ホビージャパン
〒151-0053
東京都渋谷区代々木2-15-8
電話　03(5304)7604（編集）
03(5304)9112（営業）

印刷所——大日本印刷株式会社
装丁——BELL'S GRAPHICS／株式会社エストール



ISBN978-4-7986-3370-1　C0076

ファンレター、作品のご感想お待ちしております
〒151－0053　東京都渋谷区代々木2－15－8
(株)ホビージャパン HJノベルス編集部 気付
**日之影ソラ 先生／ココユコム 先生**